Franz Poland

Ovids Tristien, Elegien eines Verbannten

Ein Gesamtbild ihres Inhalts und poetischen Gehalts mit den bedeutendsten

Stellen in Latein und Deutsch

Franz Poland

Ovids Tristien, Elegien eines Verbannten
Ein Gesamtbild ihres Inhalts und poetischen Gehalts mit den bedeutendsten Stellen in Latein und Deutsch

ISBN/EAN: 9783743486645

Hergestellt in Europa, USA, Kanada, Australien, Japan

Cover: Foto ©Andreas Hilbeck / pixelio.de

Manufactured and distributed by brebook publishing software (www.brebook.com)

Franz Poland

Ovids Tristien, Elegien eines Verbannten

Ovid's Tristien,

Elegien eines Verbannten.

Ein Gesammtbild
ihres Inhalts und poetischen Gehalts mit den
bedeutendsten Stellen in Latein und Deutsch

von

Franz Poland,

Verf. von „Hindernisse einer wirksamen Strafrechtspflege", „Dichter und Kanzler" etc.

Leipzig,
Verlag der Serbe'schen Verlagsbuchhandlung.
1881.

Vorwort.

Es ist wohl eine der grossartigsten und nützlichsten Erscheinungen unserer Zeit, dass die Schätze der Wissenschaft und Kunst, insbesondere auch des klassischen Alterthums, immer weiteren Kreisen zugänglich gemacht werden. Die vorliegende Schrift soll einen Beitrag zu dieser Lieblingsidee des Verfassers liefern. Hat er bereits 1845 in seiner Schrift: „Hindernisse einer wirksamen Strafrechtspflege“ die wesentlichen Verbesserungen des jetzigen Strafrechts zur Freude der Koryphäen Deutscher Wissenschaft vorgezeichnet, und durch die Bemerkungen zum Entwurfe des Deutschen Strafgesetzbuches sich den Dank des Deutschen Bundeskanzleramtes erworben, in der Rechtspflege rastlos nach Erforschung der Wahrheit gestrebt, in dem Drama: „Dichter und Kanzler“ ein Bild aus den Sturmesjahren vor dem letzten Menschenalter geben wollen: so lag doch allen diesen Leistungen die Geistesbildung zu Grunde, die der Verfasser neben echt christlichem Unterricht dem klassischen Alterthum und seinen unvergesslichen, ruhmvollen, gewiss im Buche des Lebens verzeichneten ehemaligen Lehrern an hiesiger Kreuzschule, besonders einem Wagner, Böttcher, Sillig, Baumgarten, Crusius, zu verdanken hat. In der in der Schrift bemerkten Weise lebhaft angeregt, glaubte der Verfasser von einer edlen klassischen Dichtung ein Spiegelbild des eigenen, darin gefundenen Genusses geben zu dürfen, das allen Gebildeten verständlich sein und eine nicht unwillkommene Unterhaltung bieten sollte.

Im Sommer 1880.

Der Verfasser.

In der wissenschaftlichen Beilage zur Leipziger Zeitung des Jahres 1880 No. 8 sind Ovid's Metamorphosen besprochen worden, eine Art mythologischer Geschichte in poetischen Erzählungen der Verwandlungen der Götter in Menschen und Thiere, der Menschen in Thiere und andere Naturerscheinungen, Bäume, Steine und dergleichen, wie der Dichter selbst sagt, Tristien Buch II. Vers 559 f., vom Anfang der Welt bis zu den Zeiten des Kaisers Augustus fortgeführt. Es verlohnt sich gewiss, auf eine nähere Charakteristik Ovid's, einer der merkwürdigsten Persönlichkeiten aus dem Römischen Dichterkreise zur Zeit des Augustus einzugehen. Ovid's Dichtungen und Schicksale sind so ganz bezeichnend für die damalige Zeit des neuen Römischen Kaiserthums.

Ovidius Naso, einer dieser berühmten Dichter, J. 43 v. Chr. geboren, J. 17 n. Chr. gestorben, hatte 50 Iahre zu Rom in glücklichen Verhältnissen gelebt, als er von Augustus nach Tomi in Niedermösien, der Hauptstadt der Provinz Scythien an der unteren Donau, damals Ister genannt, an die Küste des schwarzen Meeres (Pontus) in das heutige Kustendsche (oder Kustindsche) mit dem nahen Hafenorte Tomiswar zu dem Volksstamme der Geten verbannt wurde. Man hat ihn früher nicht selten weniger für einen Dichter als für einen Versmacher, nicht für poëta, sondern für versifex halten wollen; sehr mit Unrecht. Er war ein Dichter in der vollen Bedeutung des Wortes. Sind seine Dichtungen auch bei weitem nicht alle von der höheren, edlen Begeisterung des Dichters durchdrungen, so zeigt doch von seinem grossen Genie schon die Natürlichkeit, der feine Geschmack, das Witzige, der Gedankenreichthum in seinen Versen, in denen sich Kunst und Natürlichkeit in angenehmster Weise vereinigen. Er hätte freilich viel Grösseres leisten können, wenn er sich nicht so ganz hätte gehen lassen, seinen schwachen, leichtsinnigen Charakter in seiner Jugend nicht hätte ungebunden walten lassen. Die Gabe, solche Verse zu machen, war ihm angeboren, wie er selbst in vollkommener Uebereinstimmung mit seinen Werken in der bekannten Stelle seiner Tristien Buch IV. Elegie 10, Vers 26, mit fast überraschend bezeichnenden Worten ausdrückt:

Et, quod tentabam scribere, versus erat:
Und was ich zu schreiben begann, das wurde zum Vers.

Der verschiedenen Lesart Quidquid statt Et quod ist letztere mit Heinsius vorzuziehen, weil sie noch anschaulicher bezeichnet, wie dem Dichter gleichsam von selbst die einfachsten Worte und Gedanken sich zum Vers gestalteten. Mit ähnlicher Einfachheit und Kürze bezeichnet er in den Briefen aus dem Pontus lib. III. epist. 3, Vers 29, die Aneignung des Distichons. Er redet dort den Gott Amor an, statt dessen er die Muse selbst hätte anreden können:

Tu mihi dictasti juvenilia carmina primus:
Apponi senis, te duce, quinque pedes:
Du hast mir dictiret zuerst die Jugendgedichte,
Lehrtest mich setzen den sechs fünf noch der Füsse hinzu.

Ueber dieses Versmass witzelt er III. 1, 2. f. der Tristien trotz seinem Unglück in der Verbannung in ergötzlicher Weise in Bezug auf das entfernte Exil, aus dem er schreibt:

Clauda quod alterno subsidunt carmina versu,
Vel pedis hoc ratio, vel via longa facit:

Dass diese Gedichte abwechselnd mit dem einen (dem kürzeren) Fusse hinken, das macht entweder das Versmaass oder der lange Weg (den der Brief zurücklegen muss). Aehnlich bezeichnet er das abgesendete Gedicht als von dessen langem Wege ermüdet V. 4, 1 f. Auch eine Tragödie „Medea" hat er gedichtet, wie er in den Tristien II. 553 f. andeutet:

Et dedimus tragicis scriptum regale cothurnis:
Quaeque gravis debet verba, cothurnus habet:

Tragischen Königsgesang schrieb ich für die Cothurne
Ernst, so wie sich's geziemt, dichtet' ich für den Cothurn.

Diese Tragödie soll alles Entsetzliche dargestellt haben, was einem Weibe möglich ist, das Werk soll die grösste Befähigung Ovid's für die ernste Dichtung dargethan haben, und dass der Verlust dieses Werkes nicht mit Unrecht beklagt wird, dafür spricht die echt dramatische, wahrhaft ergreifende Schilderung, die Ovid in seinem Fasten (Festkalender) im II. Buche Vers 725 ff. von der Gewaltthat des Tarquinius gegen die Lucretia gegeben hat. Auch diese Fasten in 6 Büchern enthalten sehr schöne Episoden, z. B. die Schilderung des Frühlings, der einfachen Sitten des alten Rom, des goldenen Zeitalters im 1. Buche, des Alters im 6. Buche Vers 771 f. Sein Römerstolz sagt dort II. 683 f.:

Gentibus est aliis tellus data limine certo,
Romanae spatium est Urbis et orbis idem.

Andern Völkern gehört ein Gebiet mit beschränkenden Grenzen.
Aber die Grenzen von Rom sind auch die Grenzen der Welt.

Die Fortsetzung des interessanten Werkes ist durch seine Verbannung unterbrochen worden, wie er in den Tristien II. 552 beklagt. Aber wie bedeutende einzelne Menschen und ganze Nationen nicht selten ihre wahre Grösse mehr im Unglück als im Glücke zeigen, und das Unglück auf grosse, sogenannte unverwüstliche Naturen, wenn sie sich durch das Glück hatten verführen lassen, seinen läuternden Einfluss nicht verfehlt, so lässt sich das auch in Ovid's Werken beobachten. Wir sehen ab von seinem Uebermuthe und seiner Ausgelassenheit in den Werken aus der Zeit seines Glückes, besonders in seinen Amores, Ars amandi, Remedia amoris, in denen man zum Theil die ganze Sittenlosigkeit und ebendeshalb den Verfall, den Keim des Unterganges seiner grossen, weltbeherrschenden Nation in unheimlicher Weise erblickt hat. Die Versunkenheit der Römischen Welt zur Kaiserzeit bietet auch eine einigermassen natürliche Erklärung für die unerhörte Standhaftigkeit der Märtyrer; nach der Erkenntniss der Reinheit der christlichen Sittenlehre mochte das Leben für sie gar keinen Werth mehr haben, wenn sie in den Abgrund der sie anekelnden heidnischen Sittenlosigkeit zurück zu sinken gezwungen werden sollten. Aber auch in den genannten Dichtungen Ovid's sind die Kenner doch immerhin einzelnen sehr schönen dichterischen Gebilden begegnet. Auch seine Metamorphosen haben ungleichen Werth, sinken zum Theil zu fast kindischen Spielereien herab, wenn er schon am Schlusse derselben für sich selbst eine geistige Metamorphose, eine Umwandlung in dem grossartigsten, bei einem Heiden wahrhaft überraschenden Aufschwunge nicht zur Hoffnung, nein, fast zum Bewusstsein der Unsterblichkeit des Geistes verkündet hat:

Cum volet illa dies, quae nil nisi corporis hujus
Ius habet, incerti spatium mihi finiat aevi,
Parte tamen meliore mei super alta perennis
Astra ferar:

Wann wird erscheinen der Tag, der nur an den Körper ein Recht hat,
Mag er beenden auch dieses Sein's unbestimmbare Spanne,
Aber der bessere Theil meines Ich wird verewigt sich schwingen
Ueber die hohen Gestirne empor.

Nachdem ihn das harte Schicksal der Verbannung von Weib und Kind und dem prachtvollen, genussreichen Rom in jene unwirthbare Gegend getroffen, die er mit ihren rohen Barbaren in düsteren Farben schildert, war sein Dichtergeist doch nicht erdrückt worden, vielmehr ruht auf denselben in seinen

Tristien,

Klaggesängen, Elegien über das Unglück seiner Verbannung, grohsentheils an seine Freunde und an seine Gattin nach Rom gerichtet, eine gewisse Weihe des Unglücks, durch welche seine, man möchte sagen, nicht unübertrefflichen, sondern unerreichbar schönen Verse voll tiefer Gedanken und schöner, treffender Bilder in der unseren Sprache unerreichbaren Formenschönheit und schlagenden Kürze der lateinischen Sprache noch veredelt werden. Er sagt Buch V. El. 1 Vers 3, 4, 15 f. mit Recht, nichts Süsses, nichts Laszives, nichts von seiner früheren Ausgelassenheit möge der Leser in diesen Elegien suchen; er wiederholt, dass er sie mit seinen Thränen benetzt habe. I. 1, 13 f., 39 f., 47 f. III. 1, 15 f. III. 2, 19 f. IV. 1, 95 ff. Zieht sich auch die trübe Stimmung über sein Unglück durch die ganze Gedichtsammlung hindurch, so hat diese doch vermöge ihrer schon bemerkten Vorzüge hohen Werth. Hat doch der weltberühmte Petrarca zwei starke Sammlungen von Sonetten und Canzonen gedichtet, die immer wieder seine Sehnsucht nach seiner geliebten Laura während ihres Lebens und nach ihrem Tode ausdrücken — Voltaire sagt in der Henriade von Vaucluse: Petrarque où soupira ses vers et ses amours: Wo Petrarca seine Verse und seine Liebe seufzte — und doch werden diese Dichtungen mit Recht wegen ihres tief poetischen und idealen Gehaltes, freilich auch wegen ihres bedeutenden geschichtlichen Inhalts, von der gebildeten Welt allgemein bewundert. Können nun auch Ovid's Tristien nicht den hohen Werth einer so tiefen, vom romantisch-christlichen Geiste durchdrungenen Dichtung beanspruchen, so sind sie doch auch reich an dichterischem

Gehalt, und glänzen durch die natürliche Schönheit ihrer Verse, während Petrarca's Verse zum Theil gesucht und schwer verständlich sind.

Wenn unser grosser deutscher Dichter sein Wesen mit dem Gehalt in seinem Busen und mit der Form in seinem Geist bezeichnet, so ist der ideale Gehalt im Busen unserer neueren Dichter freilich ein weit grösserer und höherer als bei den alten Griechen und Römern. Dieser Gehalt ist in der ziemlich 2000jährigen Schule des aus dem gottbegeisterten Judenthum hervorgegangenen Christenthums heran- und aus ihr herausgewachsen, aus den durchgeführten Ideen des Einen Gottes, der Unsterblichkeit, der Erziehung der Menschheit zur Gottähnlichkeit, der allgemeinen Nächstenliebe, der persönlichen Freiheit jedes Menschen, der Würde des Weibes, der Heiligkeit der Ehe und Familie, des freien und doch arbeitsamen Bürgerstandes. Aber die Form im Geist, wie sie sich in den glücklich gelegenen Ländern bei dem einzig hoch begabten Volke der alten Griechen ausgebildet und auf die alten Römer fortgepflanzt hat, ist immer noch für uns ein unerreichtes Muster der geistigen Ausbildung. Auch mit dem Christenthume ist das Studium und die Verehrung des klassischen Alterthums wohl vereinbar, wie es überhaupt falsch ist, dem Christenthum einen ausschliesslichen Charakter gegen irgend eine berechtigte Erscheinung in Wissenschaft und Kunst beizumessen. Man schaue nur die entzückend schönen Bildwerke des klassischen Alterthums im Vatican, anscheinend dem Christenthum so fern, und dort doch so nah! Allen alles zu werden, das ist, wie Paulus sagt, die Aufgabe des Christenthums. Die irdische Dreieinigkeit ist Wahrheit, Schönheit und Tugend; nur ihr Verein kann etwas Vollkommenes leisten. Graf Friedrich Leopold zu Stollberg, der ebenso grosse Freund und tiefe, begeisterte Kenner des klassischen Alterthums wie des Christenthums, sagt in seiner Kirchengeschichte: „Wer vermag zu berechnen, wieviel an

Bildung und Schwung des Geistes Origenes, die Gregore, Basilius, Chrysostomus und Andere durch Lesung der Alten gewonnen haben? Der Apostel Paulus selbst führt heidnische Dichter an, die gottselige Marianna, Mutter des im ersten Drittel des 6. Jahrhunderts blühenden heiligen Fulgentius, eines Afrikaners, liess ihren Sohn alle Gesänge Homer's und einen Theil der Komödien Menander's auswendig lernen, ehe sie ihn in der Sprachlehre das Latein, welches seine Muttersprache war, unterrichten liess.“ Schon der berühmte Kirchenlehrer Hieronymus, der Verfasser der unter dem Namen Vulgata weltbekannten lateinischen Bibelübersetzung, war ein Freund der lateinischen Klassiker. In den Klöstern wurden die Handschriften der alten Klassiker vervielfältigt. Ein Petrarca, ein Boccaccio, obschon Meister in ihrer schönen, wohlklingenden italienischen Sprache, waren eifrige Verehrer und Beförderer der alten Klassiker. Zu Ausgang des Mittelalters, des 15. Jahrhunderts, unter dem herrlichen deutschen Kaiser Maximilian, dem eifrigen Beförderer und Kenner der Wissenschaft und Kunst, der selbst musterhaftes Latein schrieb, wirkten treffliche Gelehrte wie Agricola, Trithemius, Heynlin, Cardinal Cues neben dem Eifer für die Einheit des damals sich eines ausserordentlichen Wohlstandes erfreuenden Deutschlands und der christlichen Kirche mit thätigstem Eifer für die Bildung aus dem klassischen Alterthum. Es wurde nach den Stürmen der Kirchentrennung wieder eifrig und erfolgreich gepflegt, bis es das unveräusserliche Gemeingut der ganzen gebildeten Welt geworden ist.

Durch die Mannichfaltigkeit, Schärfe, Bestimmtheit und Schönheit, mit einem Worte, durch das vollkommen Treffende des Ausdrucks ist schon die Form der Darstellung geistvoll, durch die Freiheit der Wortstellung zwanglos, so dass zur Vollendung des Kunstwerks Form und Geist untrennbar erscheinen, in Eins susammenfallen. Dies zu beobachten ist in der That für die Kenner der Sprache einer von den seltneren und höheren Genüssen des geistigen Lebens. Diese Form im Geiste prägt sich auch in Ovid's Tristien in überraschend schöner Weise aus, die uns in Folgendem eine angenehme und gehaltvolle Unterhaltung gewähren soll, in einem Gesammtbild der ganzen Dichtung. Im Original sind die schönsten Versformen und Ideen aufgenommen, mit Ausnahme der feierlichsten Stellen, die in demselben Versmass übersetzt sind, von diesem abgesehen worden, weil es mit voller Treue im Deutschen unerreichbar ist; wo es zulässig schien, ist der Hauptinhalt wiedergegeben. Uebersetzungen im Versmass des Originals hat man von Sieghart, Straubingen 1835, der das Gedicht mit der damaligen vom Materialismus noch nicht untergrabenen Begeisterung für klassische Dichtung gebührend hoch schätzt und mit werthvollen Bemerkungen versehen hat, und von Berg, Tübingen.

Um hier sogleich wenigstens ein Beispiel der sprechenden Form, eines einfachen Mittels des geistigen Ausdruckes im Versbau geltend zu machen, mögen folgende 9 Fälle bemerkt sein, in denen die erste Hälfte des Pentameters 5 lange Silben statt der sonst gewöhnlichen Abwechselung hat: Ignoraretur forsitan ista fides I. 5, 18. Incustoditum captat ovile lupus I. 6, 10. Non fastiditus tibi, lector, ero I. 7, 32. Per non tentatas prima cucurrit aquas III. 9, 8. Non mentitura tu tibi voce refer IV. 3, 16 (malique) In circumspectu stat sine fine sui IV. 6, 43 f. Emendaturis iguibus ipse dedi IV. 10, 62. A contemplatu submoveoque mali V. 7, 66. (Nec nostra teneri) A componendo carmine Musa potest V. 12, 60. Diese schwerfälligen ersten 5 langen Silben drücken hier überall etwas aus, das Aufenthalt verursacht, Zeit, Mühe, Ausdauer, Ueberwindung kostet: Das beharrliche Verkennen der Freundestreue, die beharrliche Bewohnung des Schafstalles, den Ueberdruss, den eine langweilige Lectüre erregt, die vorsichtige und langsame Fahrt auf unbekanntem Meere, die Beharrlichkeit in der Aussage der Wahrheit, die peinliche

Umschau über vieles und langes Leiden, die Beharrlichkeit im Dichten. Von der Freiheit in der Wortstellung liefert aber folgender Pentameter ein seltenes Beispiel: — speculator ab alto Hospes, ait, nosco, Colchide, vela, venit III. 9, 11 f.: Der Wärter auf der Zinne sagt: Der Fremdling kommt von Colchis, ich kenne die Segel. Der lateinischen Wortstellung entspräche die der deutschen Worte: Der Fremdling, sagt er, ich kenne, von Colchis, die Segel, kommt. Diese Wortstellung ist aber im Deutschen unverständlich. Auch das Treffende des Versbaues in den vorher angeführten Beispielen ist im Deutschen unnachahmlich. Man darf auch diese Versform nicht für nur etwas Aeusserliches, etwa ein Wortspiel, Wortmalerei ansehen; es ist nichts Gesuchtes, sondern etwas Gefundenes, Treffendes darin, Gedanke und Form fallen in Eins zusammen, und man erinnert sich immer wieder an Plato's grossen Satz, der über die ganze Weltanschauung aufklärt: dass die äussere Erscheinung der Spiegel der Ideen, das Abbild der geistigen Welt ist. Gerade die musterhafte Form in Ovid's Dichtung hat schon in den ersten drei christlichen Jahrhunderten hohes Ansehen genossen, und wie man aus neueren Forschungen erfährt, hat selbst Shakespeare Ovid's Studium nicht verschmäht.

I. Ovid's Lebensgeschichte.

Er erzählt sie in seinen Tristien B. IV. El. 10 in poetisch anmuthiger Weise. Sulmo, reich an kühlenden Wässern (Stadt der Poligner in Samnium, das heutige Sulmona mit Ovid's Bildsäule) war seine Vaterstadt. Einem alten Rittergeschlechte entsprossen, wurde er mit seinem etwas älteren Bruder in Rom von ausgezeichneten Männern gebildet, und schon von Jugend auf empfand er den Drang nach dem Heiligthum des Dichters, obschon ihm sein Vater bemerklich machte, dass selbst Homer keine Schätze hinterlassen habe. Aber umsonst verliess er den Helikon (Sitz Apollo's und der Musen), er versuchte Prosa zu schreiben, musste aber unwillkührlich immer wieder Verse schreiben. Er bekleidete wohl in seiner Jugend Ehrenstellen, aber weder Körper noch Geist eigneten sich zu so ernster Arbeit, er hatte keinen Ehrgeiz, ihn fesselten die Musen. Sein weiches Herz war den Pfeilen des Cupido nicht unzugänglich, sehr reizbar, aber man konnte seinem Namen keine Skandalgeschichte nachsagen: Nomine sub nostro fabula nulla fuit, drückte er sich aus. Fast noch im Knabenalter wurde ihm eine unwürdige Gattin gegeben, der aber bald und ohne Verbrechen eine zweite folgte, die ihm jedoch auch nicht verbleiben sollte, bis die letzte, eine Fabia, ihm auch während der Verbannung treu blieb. Kurz, aber rührend schön, erwähnt er den Tod seines älterern Bruders im Hinblick auf seine späteren Verluste: Et coepi parte carere mei: Und ich musste lernen, einen Theil meines Ich zu entbehren. Auch eine Tochter, die ihn zweimal zum Grossvater machte, und ein Schwiegersohn starben; er preist sie aber glücklich, dass sie sein Unglück, seine Verbannung, nicht mehr erlebt haben. Interessant ist seine Schilderung der gleichzeitigen berühmten römischen Dichter mit seinem Vorspruche:

Et petere aoniae suadebant tuta Sorores
  Otia, judicio semper amata meo.
Temporis illius colui fovique poëtas,
  Quodque aderant vates, rebar adesse deos:

Auch riethen die Aonischen Schwestern (die Musen, denen in Aonien, alter Name für Böotien, der Berg Helikon und die Quelle Aganippe heilig war) ungestörte Musse, die stets das Ziel meiner Wünsche war, und ich meinte, eben so viel Götter als Dichter vor mir zu sehen. Er nennt nun die berühmten Dichter: Vergil (Virgil ist unrichtig), Horaz, Properz, Tibull, Catull. Wie er den Homer in den Briefen aus dem Pontus II. 10, 13 mit einem wahrhaft erschöpfenden Schlagworte: aeternus, den ewigen Dichter, nennt, so zeigt sich auch hier in unserer Elegie sein feiner Geschmack in dem Lobe, das er vorzugsweise dem Horaz widmet:

Et tenuit nostras numerosus Horatius aures,
Dum ferit Ausonia carmina culta lyra:

Horaz fesselte unseres Dichters Ohr, wenn er seine harmonisch schönen Gedichte auf Italischer Leyer sang. Den Virgil (Vergil) nennt er II. 533 den glücklichen Verfasser der Aeneide, den Properz V. 1, 17 f. blandi oris: von einschmeichelnder Ausdrucksweise, und den Tibull ingenium come, einen freundlichen Genius. Sehr treffend und interressant ist auch sein Urtheil II. 423 f. über den alten Ennius, dessen Werke leider! verloren gegangen, wovon aber sehr gehaltvolle Bruchstücke noch vorhanden sind:

Atque suo Martem cecinit gravis Ennius ore,
Ennius ingenio maximus, arte rudis:

Der würdevolle Ennius besang den Mars, war, sehr gross an Geist, aber noch roh in der Kunst. Zu diesem Urtheile passen die Verse des Ennius bei Cicero de officiis:

Homo, qui erranti comiter monstrat viam,
Quasi lumen de suo lumine accendat facit.
At nihilo minus ipsi lux est, cum illi accenderit:

Ein Mensch, der dem Irrenden freundlich den Weg zeigt, bewirkt, dass er von seinem Lichte anzünde, aber nichts desto weniger bleibt ihm das Licht, wenn er jenem solches angezündet hat. Diese Verse sind ebenso rauh als schönen und tiefen Inhalts, besonders auch auf geistiges Licht angewendet.

Ovid's quellenmässige Lebensgeschichte lateinisch von Joh. Masson ist ausser kleineren weniger zuverlässigen Nachrichten der Fischer'schen Ausgabe des Textes und Commentars der Werke Ovid's von Nic. Heinsius vorgedruckt.

2. Grund der Verbannung.

Ist nicht ganz aufzuklären gewesen. Das Geheimnissvolle derselben, das offenbar mit der Zeit und Sittengeschichte des ersten Römischen Kaiserthums in sehr enger Verbindung steht, gewährt aber der Dichtung noch einen besonderen Reiz. Es lässt sich über den Grad der Verschuldung Ovid's nicht urtheilen, die Strafe scheint aber zu hart gewesen zu sein, sonst hätte Ovid den Kaiser, den er doch zur Milde zu stimmen eifrig bemüht war, nicht so oft daran erinnern dürfen, und I. 8, 21 f. bezieht er sich auch auf die Stimme des Volkes, auf die öffentliche Meinung zu seinen Gunsten. Er klagt wiederholt darüber, dass er durch sein Dichtertalent, durch die Muse unglücklich geworden sei, stellt besonders sein Gedicht: Ars amatoria als Grund seiner Verbannung hin: I. 1, 67 f., II. 1 ff., 339 f., 345 f., 494. V. 1, 20 f., 43 f., 67 f. V. 12, 46, 67 f. Als seine Grabschrift soll in Marmor in grossen Schriftzügen eingegraben werden III. 3, 73 f.:

Hic ego, qui jaceo, tenerorum lusor amorum,
Ingenio perii Naso poëta meo:

Ich, der hier nun ruht, ich Sänger der zärtlichen Liebe,
Durch mein Talent ging ich, Naso, der Dichter, zu Grunde.

Er nennt sich lusor, Spieler, diese Gedichte öfters scherzhaft Spiele seiner Muse. Ebenso IV. 10, 1. Er führt zu seiner Entschuldigung aus II. 266, 301: Nichts sei nützlich, was nicht auch schaden könne, verkehrter Sinn könne alles verderben:

Nil prodest, quod non laedere possit idem,
Omnia perversas possunt corrumpere mentes;

jede Dichtung könne schaden, auch die ernsteste, die Tragödie, die doch immer auf Liebesverhältnisse beruhe; er führt dafür eine Menge Beispiele an, aus Homer, die Dichter Catull, Tibull, Properz, selbst Vergil, der doch als der poeta castus, als der keusche Dichter, gilt, wegen des Abenteuers des Aeneas mit der Dido; er schildert die öffentliche Sittenlosigkeit im Circus, in den Theatern, wie Augustus und Personen aus allen, auch den höchsten Ständen und von jeder Alterstufe schamlose Schauspiele anhören und solche Gemälde ansehen, der Kaiser das alles unbestraft lasse; er bezieht sich auf die Liebesabenteuer in der Mythologie II. 264, 285 ff., 353 ff., 497 ff., 507 f. Bezeichnend ist Vers 504, warnend für alle Zeiten:

Assuerunt oculi multa pudenda pati:
Dulden des Schamlosen viel hat sich das Auge gewöhnt.

Er habe nicht die Ehe herabgewürdigt, nicht den Ehebruch belächelt, oder gar gelehrt, wie er von Catull, Tibull und Properz behauptet: II. 211 ff., 347 f., 427 f., 449 ff. In den Briefen aus dem Pontus III. 3, 51 f. sagt er von der ars amatoria:

Scripsimus haec istis, quarum nec vitta pudicas
Cofingit crines nec stola longa pedes:

er habe dergleichen für jene Frauenspersonen geschrieben, denen nicht die Binde keusche Haare, noch ein langes Gewand die Füsse umschliesst, also für den leichtsinnigen Theil des weiblichen Geschlechts. In den Tristien II. 245 ff. erinnert er an 4 Verse in der ars amatoria, in denen er dasselbe sagt, und dass er dergleichen nur für die privilegirte Unsittlichkeit geschrieben habe II. 303. Er versichert anderwärts, sein Leben sei anständig, nur seine Muse scherzhaft gewesen: I. 9, 59 ff. II. 353, 494. III. 2, 5 f. IV. 10, 1 f. V. 1, 20, 43 f. Er versichert, er sei besser als seine Dichtung, er bereut, er verurtheilt jetzt selbst diese unziemlichen Scherze: II. 223. III. 1, 7. V. 1, 7 f. V. 12, 67 f. Sehr bezeichnend sagt er II. 340:

Et falso movi pectus amore meum:

falsche Liebe hat er besungen. Aber der Dichter vergass bei diesen seinen Entschuldigungen, dass es etwas Anderes ist, einzelne Liebesabenteuer, wenn auch zuweilen in einer das Schamgefühl verletzenden Weise vorzuführen, als ganze Lehrgedichte sittenlosen Leichtsinns zu verbreiten, mit dem sich nicht scherzen lässt; er übersah, oder wollte übersehen, dass die Beispiele aus der Mythologie und Heldensage einen tieferen, belehrenden Sinn haben, die Vergötterung, die Wirksamkeit der Naturkräfte andeuten. Andererseits muss man bedenken, dass Ovid zur Zeit und im Mittelpunkte der grössten, durch die Götterlehre und den Götterdienst fast gerechtfertigten, öffentlich geduldeten Sittenlosigkeit lebte, und da seine scherzhafte Muse, wie er sagt, nur zu leichtsinnigen Frauenspersonen sprechen sollte, er sein eigenes Leben gegen solche Sittenlosigkeit verwahrt, so wollte er diese vielleicht lächerlich machen, mehr in ihrem ganzen Uebermasse schildern als Andere lehren. Vielleicht wurde auch durch seine erste frühzeitig erhaltene unwürdige Gattin sein Sittlichkeitsgefühl gefährdet. Es unterliegt aber keinem Zweifel, dass seine Liebesgedichte nicht der eigentliche Grund seiner Verbannung waren, sondern ein anderer Vorgang, durch den er sich den unversöhnlichen Zorn des Kaisers zugezogen hatte. Seine Liebesgedichte waren nur der Vorwand, weil der Kaiser den wahren Grund nicht aussprechen, nicht untersucht wissen wollte. Deshalb hat Augustus den Dichter auch nicht zur Strafe des Exils und dessen gesetzlichen Folgen förmlich verurtheilen lassen, sondern nur ausgewiesen, nicht exilium, sondern nur relegatio traf den Dichter, womit er auch seine Gattin tröstet. II. 131 f. V. 2, 55 f. V. 9, 11 f. Ebendeshalb durfte Ovid aber auch nicht wagen, den wahren Grund seiner Verbannung in seinen Dichtungen zu veröffentlichen, wie er II. 207 f. III. 6, 27 ff. und in den Briefen aus dem Pontus I. 6, 21 ziemlich deutlich ausdrückt. Er bemerkt selbst Trist. II. 539 f., 545 f. ganz richtig, dass die Strafe ja viel zu spät über ihn verhängt worden sein würde, wenn sie seine Liebesgedichte hätte treffen sollen. Er versichert einerseits, seine Schuld sei nicht todeswürdig, keine Schandthat; an andern Stellen nennt er sie aber wieder kein geringes Verbrechen, ein Vergehen, einen Fehler, einen Irrthum, einen Vorfall, dessen er sich zu schämen habe, er sagt, er habe den Kaiser zur Grausamkeit gegen ihn genöthigt, habe wegen Beleidigung des Kaisers den Tod verdient, der Zorn des Kaisers sei gerecht und milder als sein, Ovid's, Fehler. Dann giebt er wieder seine Einfalt, Furcht, als Grund seines Unglücks an, es habe ihm jede verbrecherische Absicht fern gelegen. I. 2, 64, 98 ff., 109 f. II. 122, 572. IV. 1, 23 ff. IV. 4, 39 ff. IV. 8, 37 ff., 49. IV. 10, 88 f. V. 2, 17 f., 33, 59 f. V. 4, 18 f. V. 6, 18. V. 8, 23 f. V. 10, 51 f. Er will nicht bezeugen, was bekannt sei, ein Theil seiner Schuld soll unausgesprochen mit ihm sterben. IV. 10, 99 f. I. 5, 51 f. Er sagt II. 207 ganz bestimmt, dass ihn zwei Vergehen zu Grunde gerichtet hätten, carmen et error, seine Dichtung und sein Irrthum. Die deutlichste Stelle über letzteren ist II. 103 bis 109, wo ihm der Schmerz ein halbes Bekenntniss auspresst, und womit die Stellen III. 5, 49 ff. und III. 6, 27 ff. übereinstimmen:

Cur aliquid vidi? cur noxia lumina feci?
  Cur imprudenti cognita culpa mihi?
Inscius Actaeon vidit sine veste Dianam:
  Praeda fuit canibus non minus ille suis.
Scilicet in Superis etiam fortuna luenda est,
  Nec veniam laeso numine casus habet:

Warum musste ich Etwas sehen! warum wurden meine Augen mein Verderben! Warum ward mir Unbesonnenen eine Schuld bekannt! Ohne es zu wollen erblickte Actäon die nackte Diana, und doch wurde er deshalb die Beute seiner Hunde; denn bei den Göttern hat man auch den Zufall zu büssen, er entschuldigt nicht, wenn er eine Gottheit beleidigte. — Er nennt aber III. 5, 49 seine Augen inscia lumina, er wusste also nicht, was er sah; doch erwähnt er noch überdies II. 133 f. traurige Worte, mit denen ihn Augustus angelassen, sich in ihm zukommender Weise an ihm, den Dichter, gerächt habe. Das Alles bestätigt die allgemeine Meinung, dass der Grund der Ausweisung ein Vorfall war, der den Kaiser selbst auf das Empfindlichste verletzte, Ovid, der mehr oder weniger schuldige Zeuge dieses Vorfalls war. Man vermuthet den Grund in einer Verbindung Ovid's mit Julia, der entarteten Enkelin des Kaisers, der seine Tochter Julia wegen ihrer Sittenlosigkeit schon früher von Rom verbannt hatte. Nach einer Stelle bei Tacitus Annalen III. 24 meint man, der Vorfall habe den Ehebruch des Silanus mit Julia betroffen.

3. Abschied von Rom. Reise in die Verbannung.

Die Schilderung des Trennungsschmerzes unseres Dichters bei seiner Entfernung von Rom, von Weib und Kind, von Freunden und Verwandten, von der prachtvollen, genussreichen Weltstadt I. 3 ist ergreifend für jenes fühlende Herz, um so mehr, als man, wie schon bemerkt, an eine schwere Schuld des Dichters nicht wohl glauben kann, seine eigenen theilweise starken Ausdrücke darüber wohl mehr die tiefste Unterwürfigkeit und Ehrfurcht darstellen sollen, durch die er den erzürnten Kaiser zur Begnadigung erweichen wollte.

Wenn mir, so schreibt er in seinem Schmerze, vorschwebt das entsetzliche Bild jener Nacht, der letzten, die mir in Rom vergönnt war; wenn ich der Nacht gedenke, in der ich soviel verlassen musste, was mir theuer war, ach! da träufelt noch jetzt die Thräne mir vom Auge. Schon nahte der Tag, an welchem ich auf Augustus' Befehl aus den äussersten Grenzen Italiens mich entfernen musste, und noch hatte ich keine Besinnung, noch nicht Zeit gefunden, das Nöthige zu beschaffen, mein Herz war durch das lange Zaudern ganz willenlos geworden. Nicht um Sklaven, nicht um Gefährten, nicht um Kleidung, für den Flüchtling passend, nicht um die nöthigen Mittel zur Reise hatte ich noch Sorge getragen. Nicht weniger war ich ausser Fassung gerathen, als wenn Jemand, von Jupiters Blitze getroffen, wohl noch lebt, sich aber seines Lebens nicht mehr bewusst ist. Als aber der Schmerz schon von selbst die Wolken von der Seele zerstreute, und endlich meine Sinne wieder erstarkten — da rede ich zum letzten Male zum Abschied an die kummervollen Freunde, deren vor Kurzem noch viele, jetzt der Eine und der Andere noch anwesend waren. Die Gattin hielt den Weinenden, noch heftiger weinend, zurück, während ein Thränenstrom immer wieder auf ihre unschuldigen Wangen herabstürzte; die Tochter war abwesend an Libyens Küste, konnte mein Schicksal nicht erfahren. Wohin ich blickte ertönte Klagen und Weinen, das Haus bot das Schauspiel eines wehklagenden Leichenzuges. — Er schildert nun seinen Abschied von Rom. Er und seine Gattin beteten die Götter vergebens an, Seufzer unterbrachen immer wieder ihre Worte: singultu medios praepediente sonos. Die Gattin wollte sich nicht von ihm trennen; nur mit Mühe bewog er sie durch Nützlichkeitsgründe zum Bleiben; sie brach ohnmächtig zusammen, trauerte so tief, als ob ein Leichenbegängniss von Gemahl und Tochter begangen würde. Er konnte sich nicht trennen, jede Stunde, die er sich noch gönnte, war ihm ein Gewinn, dreimal kehrte er auf seines Hauses Schwelle zurück, der Fuss zauderte, war zu nachsichtig gegen das Herz:

Ter limen tetigi, ter sum revocatus et ipse,
Indulgens animo pes mihi tardus erat.

Unterwegs erlitt er zweimal Seesturm. Er hat diese Stürme I. 2 und I. 7 in unerreichbar schönen Versen in poetischer Weise trefflich geschildert. Geängstigt rief er aus: Götter des Meeres und des Himmels — was bleibt mir denn übrig als Flehen! — bewahrt die Glieder des umher geschleuderten Fahrzeugs vor dem Scheitern und unterschreibt nicht, ich flehe, den zornigen Befehl des grossen Cäsar! — Ovid vergleicht nun in sinniger Weise den Streit der Götter um Troja mit der Hilfe der Götter, die er gegen die zornige Gottheit des Cäsar anruft, und fährt fort: Ich, Elender, verliere umsonst nichtsfruchtende Worte; während ich spreche, verschliessen mir mächtige Meereswellen den Mund. Und der furchtbare Süd verjagt meine Worte und lässt meine Gebete nicht zu den Göttern, an die ich sie richte, gelangen. Nun reissen dieselben Winde, damit ich nicht nur auf eine Weise geschädigt werde, die Segel mit fort und mit ihnen meine Bitten in dunkle Ferne. Weh' mir! welche Berge von Fluthen wälzen sich einher! Man möchte meinen, sie würden die Sterne erreichen. Welche Thäler lagern sich im zerrissenen Meere, ein Anblick, als wollten sie alsbald den schwarzen Tartarus (die Unterwelt) erreichen! Wohin ich meine Blicke richte, nichts als Meer und Luft, jenes dräut mit schwellenden Fluthen, diese mit finsterem Gewölke. Zwischen beiden toben in furchtbarem Wirbel die Winde, die Meereswelle weiss nicht, welcher der beiden Mächte sie gehorchen soll. Denn bald schöpfet der Ost neue Kräfte von seinem purpurnem Lager, dann eilt wieder der Zephyr vom späten Abend herbei, nun rast Borras vom trocknen Arktus heran (Nordwind vom Bärengestirn); jetzt wieder eröffnet den Kampf der Südwind, Stirn an Stirn mit dem Gegner! Der Steuermann wird verzagt, er weiss nicht was er fliehen oder suchen soll, seine Kunst verlässt ihn unter den Gefahren, die von allen Seiten drohen. Gewiss, wir gehen zu Grunde, nur eitel ist die Hoffnung auf Rettung, und während ich spreche, begräbt eine Welle mein Gesicht. Den Odem wird mir die Fluth ersticken und mit vergeblich flehendem Munde werde ich das tödtende Gewässer verschlingen. — Weh' mir! wie jähling blitzte aus dem Gewölk die Flamme, welch' furchtbarer Donnerkeil dröhnt mitten vom Himmel herab! Und nicht weniger gewaltig schlagen die Wellen an die Seitenwände des Schiffes, als das schwere Gewicht des Mauerbrechers anschlägt. — Die Fluth, die jetzt heranwogt, überragt alle anderen; neun Wogen brausen heran, eine zehnte folgt ihnen! Nicht der Tod ist es, was ich fürchte, nein, nur die Art des Todes. Wäre es nicht Schiffbruch, dann wäre mir der Tod ein Geschenk. Es ist etwas werth, durch sein Geschick oder durch das Schwert zu fallen, und sterbend auf festes Land seinen Leib zu betten, den Seinigen Aufträge zu geben, auf ein Grab zu hoffen, aber nicht den Fischen des Meeres zur Speise zu dienen. Gesetzt, ich wäre solchen Todes würdig, aber ich fahre auf diesem Schiffe nicht allein; warum reisst eine Strafe Unschuldige mit ins Verderben?! Wohlan, ihr Götter der Höhe und ihr grünen Götter des Meeres (Nereiden mit grünen Haaren), die ihr über das Meer gebietet, ihr Schaaren der Unsterblichen, lasset Beide von euren Drohungen ab! — Hätte Cäsar mich schon zu den Gewässern des Styx senden wollen, er hätte dazu euerer Hilfe nicht bedurft. — Wenn sich das Meer auch legt, günstige Winde mich tragen, werde ich doch nicht weniger ein Verbannter sein?! Nicht gierig Reichthum unaufhörlich zu erwerben, durchfurche ich das Meer um Waare einzutauschen, ich reise nicht nach Athen wie einst, als ich es wissbegierig besuchte, nicht nach Asiens Städten, nach schon geschauten Orten, nicht um, nach Alexanders berühmter Stadt gelangt, o Nil, deine Reize zu schauen. Warum ich günstige Winde mir wünsche, wer sollte es glauben! Das Land der Sarmaten ist es, wohin meine Bitten streben. — Warum schauen meine Segel nach Ausonia's (Italia's) Grenze?: — Er versichert dem Kaiser seine Verehrung, bittet die Götter unter dieser Bedingung um Rettung, fährt nun fort! Täusch' ich mich, oder das schwarze Gewölk beginnt zu schwinden, und das Meer beruhigt sich, sein Zorn ist gebrochen!

Fallor? an incipiunt gravidae vanescere nubes,
Victaque mutati frangitur ira maris.

Nicht Zufall, sondern ihr (Götter), bedingungsweise angefleht, ihr, die Niemand täuschen kann, bringt mir Hilfe. — Ebenso poetisch schildert er den Seesturm, den er später erlebte, I. 4:

Der Erymantischen Bärin (des grossen Bärengestirns am nördlichen Himmel) Hüter Bootes (Callisto, die Geliebte Jupiters, vom Berg Erymanthus in Arcadien stammend, von Juno in eine Bärin verwandelt, wurde von Jupiter unter die Gestirne versetzt) taucht sich in den Ocean und beunruhigt durch sein Gestirn die See. Ich aber durchfurche nicht freiwillig das Jonische Meer, sondern aus Furcht (vor dem Ausweisungsbefehl) bin ich genöthigt kühn zu sein. Mich Armen! Von welch' ungeheuren Stürmen schwellen die Fluthen an, und wird der Sand aus der Tiefe des Meeresgrundes empor geschleudert! Bergehohe Wellen fallen das Schiff von beiden Seiten an, und schlagen los auf die angemalten Götter. Das Gewebe aus Fichtenstamm prasselt, die Taue werden von dem Wasserstrahl gerüttelt, der Kiel seufzt mit mir über meine Qual. Das starre, bleiche Angesicht des Steuermanns verräth sein Entsetzen, er lässt dem hilflosen Fahrzeug seinen Lauf, regiert es nicht mit seiner Kunst. Und wie ein zu schwacher Lenker dem ungebeugten Nacken des Rosses die nutzlosen Zügel schiessen lässt, so, seh' ich, hat der Steuermann dem Fahrzeuge die Segel preisgegeben, so dass es nicht dorthin fährt, wohin er will, sondern wohin es das rasende Meer fortreisst. — Ovid erblickt immer wieder die Italische, ihm verbotene Küste, er hofft und fürchtet eben so sehr, dorthin zurück verschlagen zu werden und endet mit dem Hilferufe: Schonung, ach! Schonung, ihr Götter des bläulichen Meeres, es sei mir genug, Jupiter zum Feinde zu haben! Entzieht mein müdes Leben einem grausamen Tode, wenn der, der schon zu Grunde ging, doch nicht gänzlich zu Grunde gehen kann. (Im Latein mit dem uns kaum erreichbaren sinnigen Wortspiel:) Si modo qui periit, non periisse potest.

Er fuhr nachher auf dem Schiffe: „Minerva“, ihr bunter Helm war am Schiffe zu sehen. Er schildert seine weitere interessante Fahrt, bezeichnet unter Anderem die Weltlage von Byzanz (Constantinopel), die ja neuerdings so sehr in den Vordergrund der Geschichte getreten ist, in seiner treffenden Weise:

Quaque tenent Ponti Byzantia litora fauces;
 Hic locus est gemini janua vasta maris. I. 10, 1 f. 31 f.
Dort, wo Byzantinus Küste die Ufer des Pontus beherrschet,
 Hier ist das mächtige Thor, öffnend das doppelte Meer.

4. Ort der Verbannung.

Ihn schildert er mit den schwärzesten Farben. Schon dem Ortsnamen Tomi legt er den düstersten Ursprung bei. Die griechische Form Tom ist der Umlaut von Temnein: Schneiden. Er erzählt III. 9, dieser Ortsname komme daher, dass Medea dort auf der Flucht vor ihrem Vater ihren Bruder getödtet, in Stücke zerschnitten und diese umher gestreut habe, um die Nacheile ihres Vaters aufzuhalten. Damit hätte er ein verhängnissvolles Zusammentreffen seines Schicksals mit der Heldin seines Trauerspiels angedeutet. Die Römer waren bekanntlich in der Etymologie, der Ableitung der Worte von ihrem Ursprung, mehr kühn als glücklich. Als Gegenstück ist sehr ansprechend und poetisch, obschon wohl nicht richtiger die Ableitung, die Ovid dem Namen des Römischen Stammlandes Latium in seinen Fasten I. 238 giebt, nämlich von latente deo, von dem dort verborgenen Gott, weil Saturn, vom Jupiter aus dem Olymp vertrieben, lange beim dortigen Volksstamme verborgen geweilt haben soll. Wie er klagt, ist der Dichter an die kalte, hässliche Küste des Pontus Euxinus (des schwarzen Meeres) gebannt, dessen Name „gastlich“ bedeutend von den Alten vielmehr Axenus, ungastlich, richtiger genannt worden ist. (Euxinus war vielleicht ein auch sonst vorkommender Euphemismus statt Axenus, eine gute Benennung einer schlimmen Sache zur Vermeidung einer üblen Vorbedeutung). Sein Verbannungsort ist fast der letzte Winkel der Erde, er hängt kaum noch am Rande des Römischen Reichs: III. 4, 52. III. 13, 27 f. II. 199 f. Die Mehrzahl der mit Griechen untermischten Bevölkerung sind rohe Geten und Sarmaten (III. 9. V. 10, 28), verdienen kaum Menschen genannt zu werden (!), haben mehr grausame Wildheit als die Wölfe; es kann keinen traurigeren Ort auf der Welt geben: V. 7, 12, 43 ff. Er klagt III. 3, 9 ff.:

Non domus apta satis, non hic cibus utilis aegro,
Nullus Appollinea qui levet arte malum;
Non qui soletur, non qui labentia tarde
Tempora narrando fallat, amicus adest.

Er hat kein bequemes Haus, keine gesunde Kost, keine Erheiterung durch einen Freund, der ihm mit Dichtung, Unterhaltung und Trost die langsam dahin schleichende Zeit täuschen könnte. Die Geten und Sarmaten, von wildem Aeusseren, das Gesicht mit struppigem Haar und Bart bedeckt, gegen die Kälte in Pelze und Hosen gehüllt, mit Köcher, Bogen und Pfeilen, die von Viperfell glänzen, den Mordstahl an der Seite, von dem sie häufig Gebrauch machen, verissima Martis imago, das getreue Abbild des Mars, reiten mit rohem Geschrei in den Strassen umher. Ringsum drohen unzählige Völker mit wildem Krieg, sie leben ungescheut vom Raube, statt des Rechts üben sie mit kaltem Stahle Gewalt. Im Freien ist nichts sicher, kaum dass der Grabhügel durch kleine Mauern und die Ortslage geschützt ist. Oft hat er auf seinem Wege verderbliche Geschosse gefunden, die trotz verschlossenem Thore eingedrungen waren; kaum durch Verschanzung kann man sich schützen. Ueberall umgiebt ihn Waffengeklirr V. 7. V. 10. Er klagt IV. 1, 71 ff.:

Aspera militiae juvenis certamina fugi,
Nec nisi lusura novimus arma manu
Nunc senior gladioque latus, scutoque sinistram
Canitiem galeae subjicioque meam:

Er hat das Kriegshandwerk in seiner Jugend geflohen, nur mit spielender Hand Waffen geführt; jetzt muss er Schwert und Schild führen, das unheimlich weisse Haar mit dem Helm bedecken. Der Hirt bläst auf einer Pfeife, die er mit Pech und Haferrohr zusammengeklebt hat, die schüchternen Schafe fürchten den reissenden Wolf. Selten wagt Einer das Land zu bebauen, und ackert dann mit einer Hand, während die andere bewaffnet ist. Er verstand ihre Sprache nicht, musste sich durch Zeichen verständlich machen und sein Kopfnicken und Kopfschütteln deuteten die Barbaren oft ins Gegentheil. Er hatte kein Buch, Niemanden, der ihn verstand. Schmerzerfüllt spricht er den Satz aus, der auch von einer unwürdigen Umgebung und Abhängigkeit weltbekannt geworden ist: V. 10, 37:

Barbarus hic ego sum, quia non intelligor ulli:
Hier bin ich selbst ein Barbar, weil hier mich keiner versteht,

Sein Brief (V. 4) soll in Rom ausrichten: Mein Absender sprach weinend zu mir: Du, dem es vergönnt ist, Rom zu sehen, ach! um wieviel glücklicher bist du als ich. Er schaut Rom im Geiste III. 4, 53 ff.:

At longe patria est, longe carissima conjux,
Quicquid et haec nobis post duo dulce fuit.
Sic tamen haec absunt, ut quae contingere non est
Corpore, sint animo cuncta videnda meo.
Ante oculos errat domus, Urbs et forma locorum;
Succeduntque suis singula facta locis.
Conjugis ante oculos, sicut praesentis imago est.
Illa meos casus ingravat, illa levat.
Ingravat hoc, quod abest; levat hoc, quod praestat amorem,
Impositumque sibi firma tuetur onus:

Aber das Vaterland ist fern, fern die innig geliebte Gattin, und was mir nach diesen beiden noch süss war. Alles das ist aber nur so abwesend, dass ich es mit dem Körper nicht erreichen kann, wohl aber in meinem Geiste zu erschauen vermag. Vor meinen Augen zieht vorbei die Stadt, das Bild jener Orte, und auf ihren Schauplätzen erscheinen die einzelnen Lebensbilder. Das Bild der Gattin schwebt, als wäre es anwesend, vor meinem Auge. Sie erschwert, sie erleichtert auch meine Leiden; sie erschwert sie, weil sie abwesend ist, sie erleichtert sie, weil sie mir Liebe bewahrt, und die ihr auferlegte Last standhaft erträgt. Mit heisser Sehnsucht nach der Heimath wünscht er sich III. 8, er könnte den Wagen des Triptolenus besteigen (Ceres schenkte diesem ihren Drachenwagen, damit er die Völker den Ackerbau lehren könnte), die Drachen der Medea zügeln, sich auf den Flügeln des Perseus (der auf dem beflügelten Pegasus ritt), oder des Dädalus emporschwingen, die dünne Luft durchfliegen, um mit Einem Male den süssen, vaterländischen Boden zu erblicken, den Stand des verlassenen Hauses, die seiner gedenkenden Genossen, und was ihm am meisten am Herzen lag, das Antlitz seiner Gattin. Seine frühere lebendige Frische ist seinen Leiden unterlegen I. 6, 31 f. Er erkrankte; zwar hatte sich sein Körper nach und nach abgehärtet: ipso vexatum induruit usu, aber sein Gemüth war krank, und zuletzt muss er doch klagen, dass auch der Körper infolge des kalten Klima's, das die Fluren mit Reif überzieht, von Gichtschmerzen befallen worden ist. Sein Geist ist durch die Krankheit des Körpers angesteckt worden V. 13, 3 ff.:

Aeger enim traxi cantagia corpore mentis
Libera tormento pars mihi ne qua vacet.
Perque dies multos lateris cruciatibus uror,
Et quod non modico frigore laesit hiems.

Er sagt mit bitterer Ironie, er bedürfe keiner Kunst der Darstellung, der Stoff, der sein Leiden behandle, sei von selbst erfinderisch V. 1, 27 f.:

Non haec ingenio, non haec componimus arte,
Materia est propriis ingeniosa malis.

Er wünscht sich den Tod:

Exsul ut occiderem, nunc mihi vita data est:
Dass ich nun sterbe verbannt, liess man das Leben mir jetzt.

ruft er aus III. 3, 36. Er beklagt, dass an die Pforte seines Grabes schon so oft geklopft, sie aber noch nicht geöffnet worden ist; ihm, sagt er, zieme ein Leichenaltar, mit der Todtencypresse geschmückt, und eine Flamme, bereit, um in den aufgebauten Scheiterhaufen geworfen zu werden. In echt poetischer, elegischer Weise klagt er III. 13 seinen Geburtstag an, dass dieser sich aus dem Vaterlande zu ihm in den fernen, hässlichen Ort seiner Verbannung gewagt habe, und die Parze V. 10, 45 f.:

O duram Lachesin, que tam grave sidus habenti
Fila dedit vitae non breviora meae!
Grausame Lachesis du! die unter so argem Gestirne
Wandelndes Leben mit nicht kürzerem Faden versah!

Aehnlich klagt er V. 3, 14, 17 f., 25. Von den drei Parzen spann Klotho den Lebensfaden, Lachesis betimmte die Länge, Utropos (sinnig die Unabwendbare genannt) durchschnitt den Lebensfaden. Interessant ist das Alter dieses geistvollen Griechischen Bildes; schon Isaias sagt 38, 5: Praecisa est velut a texente vita mea. Wie von einem Webenden ist mein Leben abgeschnitten worden.

Stellen der Tristien über Exil: III. 2, 23 f. III. 3, 5 ff., 41 ff. III. 13, 21 f. IV. 4, 55 ff. IV. 6, 43 ff. V. 2, 3 f. V. 13, 3 ff. V. 7, 7 ff., 41 ff. V. 10, 13, ff. V. 12, 19 f. V. 1, 27 f. IV. 1, 71. IV. 10, 111. V. 10, 43 f. V. 12, 54 f. Sehr interressant ist die Stelle V. 3, 17 f.:

An dominae fati quidquid cecinere Sorores,
Omne sub arbitrio desinit esse Dei?

Hört denn alles, was immer die drei Schwestern als Herrinnen des Schicksals sangen, auf, unter dem Ermessen der Gottheit zu sein? Hier blitzt die Idee durch, dass doch nicht alles dem blinden Geschick überlassen, einer höheren Leitung der Gottheit entzogen sein kann. Er giebt aber auch übertriebene Schilderungen seiner Leiden, jedoch in recht dichterischer Weise, die freilich etwas an die Manier der heutigen Franzosen erinnert. Kein Schicksal kann trauriger sein, als das seinige. Seine Leiden sind unglaublich. Es sind ihrer so viele wie Sterne im Aether, wie Sand und Muscheln am Meeresgestade und der gelbe Sand in der Tiber, soviel, als die Welle Fische zählt, der Fisch Eier birgt, der Frühling Blumen, die Rosengärten Rosen, der betäubende Mohn Körner hervorbringt, der Wald Wild ernährt, Vögel die Lüfte durchsegeln, Schilf im feuchten Graben steht, Bienen auf dem blumenreichen Hybla (Sicilien) schwärmen, die Ameisen Körner zusammentragen. V. 12, 6. I. 5, 47 f. IV. 1, 55 ff. V. 1, 31 f. V. 2, 23 ff. V. 7, 43. V. 6, 35 ff.

5. Des Dichters Flehen um Begnadigung. Verherrlichung des Augustus.

Ovid bittet den Cäsar (Augustus) widerholt und flehentlich um Begnadigung. II. 27 f., 39 ff., 181 ff., 557 ff. V. 2, 53 f. Er nennt den Kaiser, den er II. 512 schon mit Majestas bezeichnet, stets eine Gottheit, III. 1, 34, 78. III. 8, 13 f. IV. 4, 20, 88. V. 4, 17. V. 10, 52, erweist ihm und der kaiserlichen Familie göttliche Verehrung, streut ihren Bildnissen Weihrauch I. 2, 103 f, Briefe aus dem Pontus IV. 9, 105 f. Hatte doch schon der Senat dem Kaiser, dem Caesar Octavianus den Namen Augustus, d. h. der Geweihte, der Geheiligte, beigelegt, hatten ihm doch die Völker des Römischen Reiches Altäre errichtet. Weder Ovid noch Augustus ahnten, dass der schon geboren war, der das Antlitz der Erde verjüngen, die Welt von falschen Göttern befreien sollte, dessen Reich, wenn auch nicht von dieser Welt, doch seinen äusseren Mittelpunkt auf den Trümmern des stolzen kaiserlichen Roms errichten sollte. Ovid betheuert dem Kaiser seine Treue, er schwört, Trist. II. 53 f.:

Per mare, per terras, per tertia numina juro,
Per te, praesentem, conspicuumque deum:

beim Meere, bei der Erde, bei den dritten Göttern (den himmlischen im Gegensatze zu den irdischen und unterirdischen), beim Kaiser selbst, der anwesenden und sichtbaren Gottheit, dass er ihn stets treu verehrt, ihm gehuldigt habe. Die Römer schwuren nämlich nicht nur bei den Göttern, sondern bei allen wichtigen Personen und Gegenständen der Aussenwelt, besonders auch bei den Häuptern ihrer Kinder, sowie Ovid V. 4, 45 dem Freunde bei ihren gegenseitigen Häuptern schwört. Er versichert, so lange ihm Augustus zürnt, kann ihm Niemand Freund sein, er war sich seitdem fast selbst zuwider: Vix tunc ipse mihi non inimicus eram. Er verdankt dem Kaiser das Geschenk seines Lebens V. 9, 11 f.:

Caesaris est primum munus, puod ducimus auras.

Er hat den Kaiser stets verherrlicht und thut dies auch in seinen Tristien II. 512, 550 f., 574:

Caesare nil nigens mitius orbis habet:

Der Kaiser ist das mildeste Wesen auf der Welt, versichert er wiederholt, er wünschte, eher gestorben zu sein, als er ihn beleidigte. IV. 8, 38. V. 2, 38. V. 8, 25 ff. V. 11. 11 f., 19 f. II. 41, 147 f. Er führt für die Milde den sinnigen, eines Herrschers würdigen Grund an V. 8, 27 f.:

Scilicet ut non est per vim superabilis ulli,
Molle cor ad timidos sic habet ille preces:

Sicher, sowie er durch Gewalt für jeden unüberwindlich ist, hat er ebenso ein weiches Herz für schüchterne Bitte. Er erinnert den Kaiser an dessen Grossmuth gegen Feinde mit den charakteristischen Versen II. 45 f., 49 f.:

Tu veniam parti superatae saepe dedisti,
Non concessurus quam tibi vistor erat.

Divitiis etiam nultos et honoribus auctos
Vidi, qui tulerunt in caput arma teum:

Du hast oft der besiegten Partei Verzeihung gewährt, die sie als Sieger dir nicht zuzugestehen gedachte; mit Reichthum und Ehrenstellen sah ich viele überhäuft, die die Waffen gegen dich getragen hatten. Mit Römerstolz und zugleich schmeichelhaft für den Kaiser setzt er hinzu:

Utque tuns gandet miles, quod vicerit hostem,
Sic victum cur se gandeat, hostis habet:
Und wie Sieger des Feindes zu sein, dein Krieger sich freut,
So darf auch sich der Feind, dass er besiegt ist, erfreu'n.

Er verherrlicht die Regierung des Augustus V. 2, 45 f.:

Alloquor en absens praesentia numina supplex,
Si fas est homini cum Jove posse loqui.
Arbiter imperii, quo certum est sospite cunctos
Ausoniae curam gentis habere deos.
O decus, o patriae per te florentis imago,
O vir non ipso quem regis orbe minor:

Sieh, abwesend flehe ich zu der mir gegenwärtigen Gottheit, wenn es dem Menschen erlaubt ist, mit Jupiter reden zu dürfen. Herrscher des Reichs, dessen Wohl die Gewissheit verbürgt, dass alle Götter das Ausonische (Italische) Volk schützen werden. Zierde, o Bild des durch dich blühenden Vaterlandes, o Mann, nicht kleiner als der Erdkreis, den du beherrschest! — Aehnliches rühmt er vom Kaiser II. 157 ff. O pater, o patriae cura salusque tuae! ruft er aus II. 574. Um den Kaiser zur Milde zu stimmen, verherrlicht der unglückliche verbannte Dichter auch dessen Gemahlin Livia; nur Augustus war ihrer würdig, so rühmt er von ihr, die sich auf Betrieb des Kaisers von ihrem ersten Gemahl hatte scheiden lassen II. 161 f. Er wünscht III. 12, 45 ff. vom Triumph des Augustus Nachricht zu erhalten:

Teque rebellatrix tandem Germania magni
Triste caput pedibus supposuisse Ducis.

und dass du, Germania, Empörerin, endlich dein muthlos Haupt zu den Füssen des grossen Feldherrn gelegt habest. Nachdem Ovid aber gehört hatte, dass nach der Niederlage des Varus, Tiberius gegen die Deutschen ausgezogen war, malte sich seine Fantasie schon den Triumphzug der beiden Cäsaren Augustus und Tiberius aus. Seine Schilderung erinnert lebhaft an die grösste Erniedrigung Deutschlands unter französischem Uebermuth IV. 2. Er beginnt:

Jan fera Caesaribus Germania totus ut orbis
Victa potes flexo prosubuisse genu:

Jetzt, wilde Germania, kannst du schon besiegt dem ganzen Erdkreise gleich vor den Cäsaren mit gebeugtem Knie hingesunken sein! — Nun schildert er mit lebendigen Farben die Feierlichkeiten eines Triumphzuges: Man schmückt vielleicht schon den hohen Kaiserpalast mit Kränzen, und Weihrauch knistert im Feuer und verdunkelt das Tageslicht. Man bringt das Opferthier und die Axt fällt seinen schneeweissen Nacken, es röthet den Boden mit seinem purpurnem Blute. Beide siegreiche Cäsaren bereiten die Geschenke, die sie den Tempeln der ihnen befreundeten Göttern gelobten, und die Jünglinge, die unter Cäsars Namen aufblühen, damit dieses Haus ewig die Welt regiere. Und mit den guten Schwiegertöchtern opfert und wird noch oft opfern Geschenke Livia den um die Erhaltung ihres Sohnes verdienten Göttern; ebenso die Mütter und die, die ohne Fehl mit beständiger Jungfrauschaft die keuschen Flammen bewachen (die Vestalinnen, von Spontini in dem Meisterwerke seiner Oper verherrlicht). Freuen wird sich schon das treue Volk und der Senat und der Ritterstand, wovon ich jüngst noch ein kleines Mitglied war. Mir freilich, dem soweit Verbannten, entgeht die allgemeine Freude, davon kommt in solche Entfernung nur ein schwaches Gerücht. Ja, das ganze Volk wird dann die Triumphzüge schauen können, und mit den Titeln der Feldherrn die eroberten Städte lesen. (Man trug Tafeln mit den Namen der besiegten Völker und Abbildungen der eroberten Städte und Länder einher.) Und die gefangenen Könige auf ihrem Nacken Fesseln tragend, wird es vor dem bekränzten Gespann einher schreiten sehen, und es wird bei dem Einen Mienen schauen, die sich mit der Zeit geändert haben, bei dem Anderen furchtbare, ihrem Schicksale trotzende Blicke. Ein Theil der Zuschauer wird nach der Geschichte des Kampfes, nach den Thaten und nach den Namen fragen, ein anderer Theil wird, wenn er auch selbst nicht viel weiss, erzählen: Der da, der erhaben in Sidonischem Gold glänzt, war der Führer im Kriege, jener, dem Führer der Nächste; der da, der jetzt den Blick mit tiefster Trauer an den Boden fesselt, hatte ein ganz anderes Antlitz, als er noch die Waffen führte; jener, der Trotzige, mit noch glühenden feindseligen Blicken, war der Dränger zum Kampfe, die Seele des Kriegs; dieser Treulose, der das Gesicht mit dem herabhängenden struppigen Haar bedeckt, schloss die Unsrigen ein, die von der fremden Gegend getäuscht wurden (wahrscheinlich eine Anspielung auf die Niederlage des Varus); der Folgende soll als Priester öfters die Leichen der abgeschlachteten Gefangenen dem widerstrebenden Gotte geopfert haben. Hier der See, hier die Berge, dort die vielen Burgen, die von wildem Morden mit Blut angefüllt waren! In diesen Ländern erwarb sich Drusus einst seinen Beinamen, er, der edle Spross eines würdigen Vaters. Der hier mit gebrochenen Hörnern, mit grünem Schilf nur dürftig bedeckt, wird den von seinem eigenen Blute misfarbigen Rhein vorstellen. Seht! auch Germania mit aufgelöstem Haar zieht vorüber, und sitzt voll Gram zu den Füssen des unbesieglichen Feldherrn, und dem römischen Beile trotzig den Nacken bietend trägt sie Ketten an derselben Hand, die die Waffen führte. Ueber alle diese erhaben hältst du, o Cäsar, deinen festlichen Einzug auf purpurnem Siegeswagen mitten durch die Schaaren deines Volkes. Und wo du erscheinen wirst, da wird dich das Beifallklatschen der Deinen umgeben, während von allen Seiten Blumen deinen Weg bedecken:

Quoque ibis, manibus circunplandere tuorum,
Undique jactato flore tegente vias.

Lorbeer des Phöbus wird dein Haupt umschlingen, und Io! Io! Triumph! wird dein Soldat mit mächtiger Stimme rufen. (Io ist wohl eine Abkürzung von Iovi, dem Jupiter, etwa wie man bei uns: Bei Gott! sagt.) Oft wirst du deiner Rosse Viergespann vor dem Beifallklatschen und den stürmischen Zurufen sich bäumen sehen. Von da wirst du dich nach der Burg, nach den deinen Gelübden günstigen Tempeln begeben, und dem Jupiter wird mit Recht der ihm geweihte Lorbeer dargebracht werden. — Mit erhabener Geistesfreiheit und Vaterlandsliebe erhebt sich nun der unglückliche Dichter über Ort und Zeit, und ruft aus: Alles das werde auch ich, wenn schon verbannt, im Geiste schau'n, der das vermag, der auch ein Recht auf den mir geraubten Schauplatz hat.

Illa per immensas spatiatur libera terras,
In coelum celeri pervenit illa via:

Frei durchdringt er unermessliche Länder, er schwingt sich eilenden Flugs zu dem Himmel empor. Er führt mein Auge in die Mitte Roms, und lässt mich nicht eines so hohen Glückes entbehren. Er wird auch den Weg finden, wo er den Wagen von Elfenbein schauen wird. So wenigstens werde ich kurze Zeit im Vaterlande weilen. — Wehmüthig klagt dann der Dichter wieder, er werde sich in seiner Abgeschiedenheit erst spät an der Nachricht vom wirklich erfolgten Triumphe erfreuen können, dann schliesst er aber mit dem Ausdrucke erhabener und rührender Vaterlandsliebe:

Illa dies veniet, mea qua lugubria ponam,
Causaque privata publica major erit:
Dann wird erscheinen der Tag, an dem ich die Trauer verbanne,
Denn die Sache des Staats über die eig'ne mir geht.

Er rühmt von Augustus II. 335 f. mit geistvoller Kürze des Ausdruckes:

Divitis ingenii est, immania Caesaris acta
Condere, materia ne superetur opus:

Es will eine reiche Begabung um die staunenswerthen Thaten des Cäsar zu beschreiben, wenn das Werk nicht vom Stoff überwältigt werden soll. Er wünscht, der Kaiser möge nur langsam zu den Sternen wandeln. Mit Recht, sagt er, bittet er die Götter, dass sie jetzt noch die Himmelspforte verschliessen, den Kaiser ohne sie einen Gott sein lassen mögen. Er ruft ihm zu:

Di tamen, et Caesar Dis accessure, sed olim
Aequarint Pylios cum tua fata dies

. . . . . .

Parcite p.:

Ihr Götter, und du, Cäsar, der du dich ihnen beigesellen wirst, aber spät, wenn dein Geschick Pylische Tage (das Alter Nestors von Pylos) erreicht haben wird, schont p. V. 2, 51 f. V. 11, 23 f. V. 5, 61 f.

6. Ovid's Freunde und Feinde.

Gegen seine Freunde — es blieben ihm freilich kaum zwei oder drei, wie er I. 3, 16. I. 5, 33 f., 64. III. 5, 10. V. 4, 36 klagt, äussert er sich voll herzlicher Liebe und Dankbarkeit und festen Vertrauens I. 3, 65. Mit dem Wunsche des Wohlergehens (dem Grusse) verbindet er III. 3, 88 und V. 3, 1 f. die wehmüthige aber zugleich witzige Klage:

Quod tibi, qui mittit, non habet ipse, Vale!

und

Mittere rem si quis, qua caret ipse potest:

Dass er nur den gewöhnlichen Gruss, den Wunsch des Wohlergehens, das ihm selbst fehle, senden könne. Rührend schön dankt er III. 5, 13 f. einem Freunde, für dessen Theilnahme bei seinem Scheiden von Rom:

Et lacrimas cerneus in singula verba cadentes,
Ore meo lacrimas, auribus illa bibi:
Schauend die Thränen, die dir bei jeglichem Worte entrollten,
Trank deine Thränen mein Mund, trank deine Worte mein Ohr.

Er schreibt einem Freunde, er wolle eher an alle Ungeheuer der Sage als an dessen Untreue glauben. In geschmackvoller Umschreibung richtet er an einen anderen Genossen die Verse:

O mihi post ullos numquam memorande sodales,
O cui praecipue sors mea visa tua est:

O du, dessen ich nicht erst nach anderen Genossen gedenken darf, der du vor allen mein Loos als das deinige angesehen hast! Dieser Freund hat ihm die Todesgedanken verscheucht. Schmeichelhaft und rührend schreibt er dem Freunde, er habe zwar durch grosse Winterkälte gelitten, und fährt fort:

Si tamen ipse vales, aliqua nos parte valemus,
Quippe mea est humeris fulta ruina tuis.

und nachher:

Utque solebamus consumere longa loquendo
Tempora, sermonem deficiente die,
Sic feret ac referet tacitas nunc litera voces,
Et peragant linguae carta manusque vices.

Geht es wenigstens dir wohl, so fühle ich mich auch einigermassen wohl; denn ich bin eine Ruine, auf deine Schultern gestützt. — Und wenn wir sonst lange Zeit mit Reden zu verbringen pflegten, der Tag nicht ausreichte für unser Gespräch, so trage nun der Buchstabe unsere schweigsamen Worte hin und zurück, und Hand und Papier ersetze das mündliche Wort IV. 7, 11 f. V. 13, 7 f., 27 ff. Aehnlich III. 14. IV. 5. V. 9, 37. In letzter Stelle in den schönen Versen:

Dumque, quod o breve sit! lumen solare videbo,
Serviet officio spiritus iste tuo:

Ja, so lang' ich, was kurz nur noch dau're, das Sonnenlicht schaue,
Wird sein dieser mein Geist dir zu dem Dienste bereit.

Er gedenkt V. 3, 1 ff. des Bacchusfestes:

Illa dies haec est, qua te celebrare poëtae,
Si modo non fallunt tempora, Bacche solent;
Festaque odoratis innectumt tempora sertis,
Et dicunt laudes ad tua vina tuas:

Das ist der Tag, an dem, wenn mich die Zeit nicht täuscht, dich, o Bacchus, die Dichter zu feiern pflegen, sich duftende Kränze um die Schläfe winden, und bei deinem Wein dein Lob singen. Ovid singt nun wehmüthig begeistert, seiner Römischen Kreise gedenkend:

Sunt dis inter se commercia, flectere tenta
Caesareum numen numine, Bacche tuo.
Vos quoque, consortes studii, pia turba, poëtae,
Haec eadem sumto quisque rogate mero.
Atque aliquis vestrum, Nasonis nomine dicto,
Deponat lacrimis pocula mista suis.
Admonitusque mei, cum circumspexerit omnes,
Dicat: Ubi est nostri pars modo Naso chori?
Idque ita; si vestrum merui candore favorem,
Nullaque judicio litera laesa meo est:
Si veterum digne veneror cum scripta virorum
Proxima non illis esse minora reor.
Sic igitur dextro faciatis Apolline carmen,
Quod licet, inter vos nomen habete meum!

Die Götter walten unter einander, Bacchus, suche die Gottheit des Caesar durch deine Gottheit zu erweichen! Auch Ihr, Genossen meiner Muse, ehrwürdige Schaar, ihr Dichter, bittet um dasselbe, wenn ihr köstlichen Wein geniesset! Und Einer oder der Andere von Euch, wenn Naso's Name genannt wird, nehme den Becher, wenn sich seine Thränen d'rein mischen, vom Munde, und umher schauend im Freundeskreise, spreche er, meiner gedenk: Wo ist Naso, einst ein Genosse unseres Chores? Und so sei es, wenn ich durch Treue eure Gunst verdient habe, und kein Buchstabe euerer Werke durch mein Urtheil verletzt worden ist; wenn ich neben der Verehrung der Werke der Alten ihre Nachfolger nicht geringer schätzte. So schaffet denn mit Apollo's Gunst ein Gedicht, und bewahret, das dürft ihr ja, meinen Namen unter euch.

Aber gegen treulose Freunde und Feinde schüttet Ovid die volle Schale seines Zornes aus. Das darf uns nicht befremden, erst das Christenthum gab ja das erhabene aber schwere Gebot der Feindesliebe; auch spricht aus Ovid nicht sowohl der blinde Hass als auch das edlere Gefühl der Entrüstung über die niedrigen Gesinnungen der Treulosigkeit und Schadenfreude. Einem solchen Treulosen ruft er zu, er hätte eher alles Andere als dessen Treubruch für möglich gehalten I. 8, 1 ff.:

In caput alta suum labentur ab aequore retro
Flumina, conversis Solque recurret equis.
Terra feret stellas: coelum findetur aratro;
Unda dabit flammas, et dabit ignis aquas.
Omnia naturae praepostera legibus ibunt:
Parsque suum mundi nulla tenebit iter:

Eher könnten die tiefsten Ströme vom Meere in ihre Quelle zurückfliessen, der Sonnengott mit seinen Rossen umkehren, die Erde Sterne hervorbringen, der Himmel mit der Pflugschaar durchfurcht werden, Wasser Feuer, Feuer Wasser hervorbringen, alles dem Gesetze der Natur zuwider geschehen, kein Theil der Welt seinen natürlichen Lauf innehalten. Und nun donnert er dem Treulosen v. 15 ff. zu:

Illud amicitiae sanctum ac venerabile nomen
Hoc tibi pro vili sub pedibusque jacet?
Quid fuit, ingenti prostratum mole sodalem
Visere et alloquii parte levare tui?
Inque meos si non lacrimam dimittere casus,
Pauca tamen ficto verba dolore queri?
Idque, quod ignoti faciunt, vale dicere saltem
Et vocem populi publicaque ora sequi?

Achtest du gering den heiligen und ehrwürdigen Namen der Freundschaft, und trittst ihn mit Füssen?! Was war es denn, mich, den entsetzlich Niedergeschmetterten zu besuchen und mit einigen Trostesworten aufzurichten, und mein Unglück, wenn schon ohne eine Thräne darauf herabträufeln zu lassen, doch mit wenigen Worten erheuchelten Schmerzes zu beklagen, und was auch Fremde thun, wenigstens Abschied zu nehmen, und der Stimme des Volkes und der öffentlichen Meinung zu folgen? Einem Anderen drückt er zornentbrannt die tiefste Verachtnng aus V. 8:

Non adeo cecidi, quamvis abjectus, ut infra
Te quoque sim: inferius quo nihil esse potest.
Quae tibi res animos in me facit, improbe? curve
Casibus insultas, quos potes ipse pati?
Nec mala te reddunt mitem placidumoe jacenti
Nostra, quibus possint illacrimare ferae?
Nec metuis dubiae Fortunae stantis in orbe
Numen et exosae verba superba Deae?
Exiget, ah! dignas ultrix Rhammonia poenas!
Imposito calcas quid mea fata pede!
Vidi ego naufragiumque, viros et in aequore mergi.
Et numquam, dixi, justior unda fuit.
Vilia qui quondam miseris alimenta negarat,
Nunc mendicato pascitur ipse cibo:

Nicht so tief bin ich gesunken, wenn schon verachtet, dass ich sogar unter dir stünde, denn niedriger als du kann nichts sein. Was erregt deine Bosheit gegen mich, Elender, du verhöhnst mein Unglück, das dich selbst treffen kann. Meine Leiden stimmen dich nicht mild und mitleidig, über die doch wilde Thiere weinen könnten. Und du fürchtest nicht die Gottheit der auf schwankender Kugel stehenden Fortuna, nicht das stolze Gebot der verhassten Göttin! O, die Rhammonia (Parze) wird verdiente Rache nehmen! Warum trittst du mein Schicksal schonungslos mit Füssen?! — Ich sah einen Schiffbruch und Männer im Meere versinken, und ich sprach, niemals übte die Fluth mehr Gerechtigkeit; Einer, der einst Unglücklichen geringe Nahrung versagte, nährt sich jetzt mit erbetteltem Brod. — Man erblickt hier schon Spuren von Barmherzigkeit, die man den Heiden abzusprechen pflegt. Einem Spötter spricht der unglückliche Dichter alles menschliche Gefühl ab III. 11, 1 ff.:

Si quis es, insultas qui casibus, improbe, nostris,
Meque reum demto fine cruentus agas;
Natus es e scopulis, nutritus lacte ferino,
Et dicam silices pectus habere tuum:

Wenn du Einer bist, der mein Unglück verhöhnt, Nichtswürdiger, und mich als Schuldigen endlos mit Blutgier verfolgst, dann muss dich ein Fels geboren haben; ein reissendes Thier muss dich gesäugt haben, dein Herz muss hart sein, wie Kieselgestein.

7. Ovid's Verhältniss zu seiner Gattin.

Rührend schön spricht sich seine Liebe und Zärtlichkeit für sie aus, seine Sorge um sie, sein Schmerz über die Trennung von ihr, über ihr unverdientes Unglück. Hier möchte man ihm glauben, dass er wirklich besser war als seine leichtsinnigen Liebesgedichte, dass, wie er sagt, seine Gattin eines glücklicheren aber nicht besseren Mannes würdig war:

Digna minus misero, non meliore viro.

Die Gefühle und Gesinnungen des Dichters für seine Gattin könnten jedem christlichen Ehegatten Ehre machen, wie es, beiläufig bemerkt, merkwürdig ist, dass das kanonische Recht für die innigste Lebensgemeinschaft der Ehegatten keine treffenderen Worte gefunden hat als die des Römischen Rechts. Die Gattin wollte ihm in die Verbannung folgen, entsetzlich war ihr Trennungsschmerz; im Seesturme dankte er aber den Göttern, dass sie nicht bei ihm war, er hätte mit ihr den Tod zweimal erlitten. Er nennt sie dimidia pars, also ganz so, wie wir, freilich mit einem sehr populär gewordenen Ausdrucke, Ehehälfte sagen. Sie besitzt sein ganzes Herz, ihr Bild begleitet ihn stets, sie hat auch sein Besitzthum gegen jene vertheidigt, „die wie der blutgierige Wolf mit grimmigem Hunger den Schafstall ausraubt, nach den Planken seines Schiffbruchs strebten." Gegen einen solchen ist Ovid's Schmähgedicht „Ibis" gerichtet. Sie steht, wie er schmeichelhaft, ähnlich der Galanterie der Franzosen sagt, der Andromache nicht nach; Penelope's Ruhm würde dem ihrigen nachstehen, wenn ihr das Schicksal den Mäonischen Dichter (Homer) beschieden hätte. Er prophezeiht ganz richtig: so lange seine Dichtungen gelten werden, wird auch ihr Ruhm alle Zeiten fortleben. I. 6. V. 14. III. 4, 59. Du, ruft er III. 3, 15 ff. aus, nimmst mehr als einen Theil meines Herzens ein, mit dir, der Abwesenden, spreche ich bei Tag und bei Nacht. Würde ich irre reden, versagte mir die Stimme, wollte sie eingeflösster Wein kaum wieder beleben, bei der Nachricht von der Ankunft meiner Herrin (aus dem lateinischen Mea domina hat sich wohl das spätere französische Madame gebildet) würde ich wieder aufleben. Wird bei meinen letzten Seufzern mir keine liebende Hand die Augen zudrücken? Wird das Haupt ohne Leichenfeier unbeweint barbarische Erde bedecken? Wird bei der Kunde davon dein Geist auf das Tiefste erschüttert werden, wird die zitternde Hand die treue Brust zerschlagen? Wirst du vergebens die Arme nach dieser Gegend ausstrecken, und den Namen des todten Gatten rufen? Ach! zerfleische nicht deine Wangen, zerraufe nicht dein Haar! Nicht dann erst werde ich dir, du meines Lebens Licht, entrissen sein; glaube mir, ich ging schon damals zu Grund, als ich das Vaterland verlor — das war mein erster und schwerster Tod:

Et prior et gravior mors fuit illa mihi! v. 54.

Sterne, ruft er später IV. 3 aus, richtet eure leuchtenden Blicke auf meine Herrin, sagt mir, ob sie mein gedenkt oder nicht! Er darf sich keinem Zweifel über ihre felsenfeste

Treue hingeben. Er drückt das mit gewohnter sinniger Kürze aus v. 13 f.:

Crede, quod est, quod vis, ac desine uta vereri:
Deque fide certa sit tibi certa fides:

Glaube, was ist, was du wünschest, und lass ab, wegen dessen, was sicher, zu fürchten, und zu sicherer Treue hege sicheres Vertrauen.

Sein Schmerz ist ihre Trauer um ihn, ihr Schmerz ist nicht geringer, wie er sich in liebender dichterischer Ueberschwenglichkeit ausdrückt, als der der Andromache um ihren Hektor. Er wünscht, seine Gattin hätte nicht sein Leben, sondern seinen Tod zu betrauern, sein Geist hätte sich bei ihr in die vaterländischen Lüfte geschwungen, die Thränen der Treue hätten seinen Busen bedeckt, ihre Hände hätten seine Augen zugedrückt. Aber Entsetzen! wenn sie sich schämte, die Gattin eines Verbannten zu heissen, sie, die sich einst seine Gattin zu sein rühmte, der er, wie es ihrer edlen Seele würdig war, mehr als irgend eine Mitgift gefiel, sie, der die Liebe die wirkliche Mitgift vergrösserte, sie, die ihn allen anderen Männern vorzog! — Das Letztere drückt er IV. 3, 57 f. aus:

Utque probae dignum est, omni tibi dote placebam,
Addebat veris multa faventis amor.
Nec quem praeferres, ita res tibi magna videbar,
Quemve tuum malles esse, vir alter erat.

Der Gattin Geburtstag feiert er V. 5 in gemüthvoller Weise. Er spricht zu sich selbst: Dieser Tag heischt die gewohnte festliche Ehre. Schickt euch an, ihr Hände, zum frommen Opfer! So mag einst der Laërtische Held (Ulysses, der Sohn des Laërtes) vielleicht am äussersten Ende der Welt den Geburtstag der Gattin gefeiert haben. Einen Glückwunsch mag der Mund aussprechen, der langen Leiden vergessen, wenn er auch Worte des Glücks verlernt haben mag, und weisses

Gewand bekleide mich, das freilich zu meinem Unglück nicht passt, nur Einmal im Jahre angelegt wird. Ein Altar von grünem Rasen werde errichtet, und ein Kranz bedecke darauf das lodernde Feuer. Reiche mir Weihrauch, Knabe, der aus wohlgenährtem Feuer auflodern soll, und Wein, der aus heiliger Flamme empor sprudeln soll. Der schöne Tag ihrer Geburt, ungleich dem meinigen, komme beglückend hieher, trotz weiter Entfernung, und wenn meiner Herrin traurigen Schicksals Wunde bevorstand, möge sie für alle Zeit meine Leiden verschmerzt haben, und ihres Lebens Schiff, das einst von heftigem Sturm mehr als beschädigt worden ist, mag in seinem noch übrigen Laufe sicher das Meer befahren! Sie mag sich des Hauses, der Tochter, des Vaterlands erfreuen, es sei genug, dass mir dies alles entrissen ist. Ausser der Trennung vom theuren Gemahl verdüstere kein finsteres Gewölk mehr ihr Leben! Sie liebe trotz erzwungener Trennung den Gemal noch lange Jahre, ich möchte sagen, auch die meinigen, aber ich fürchte die Ansteckung durch mein Geschick, das auch ihre Jahre verderben könnte. Nichts ist dem Menschen gewiss; wer hätte sagen sollen, dass ich solches Opfer hier unter den Geten bringen würde! — Sieh! wie die Luft die aus dem Weihrauch aufsteigenden Flammen, nach Italiens Küste, nach glücklichen Stätten sinnvoll trägt! — Seine Gattin, rühmt Ovid, habe Sitten gezeigt, wie sie jene berühmten Heldinnen aus Eetions und Ikarus' Stamme eigen waren (der Andromache und Penelope). Mit der Keuschheit, Sittsamkeit, Tugend und Treue wurde an ihrem Geburtstage nicht auch die Freude geboren, sondern Kummer, Sorge, ein die Tugend nicht belohnendes Schicksal:

Nata pudicitia est, mores, probitasque fidesque
At non sunt ista gaudia nata die,
Sed labor et curae, fortunaque moribus impar.

Er führt ihr V. 14 aus der Griechischen Götter- und Heldensage Beispiele vor, deren Liebe zu den Ihrigen durch deren Unglück nicht erkaltete, Gattinnen, die ohne ihr Unglück jetzt nicht würden gefeiert werden. Er preist die im Unglück bewährte Treue seiner Gattin, ermahnt sie zur Bewahrung dieser Treue. Er stellt ihr Penelope, Andromache, Evadne, Laodamia und Alceste als Muster auf. (Evadne, die Gattin des Capaneus, eines der 7 Fürsten, die Theba belagerten, stürzte sich bei dessen Beerdigung in den Scheiterhaufen, Laodamia, die Gattin des Protesilaus, der zuerst vom Hektor erschlagen wurde, wollte ihren Gatten nicht überleben. Alcestis, die Gemalin des Admet, Königs von Thessalien, für den sie aus Liebe starb, weil er nach dem Orakel nicht anders genesen konnte, als wenn jemand für ihn starb.) Ovid hätte gewünscht, ihre Treue wäre verborgen, er glücklich geblieben, günstige Winde hätten die Segel seines Geschickes geschwellt:

Implessent venti si mea vela sui.

Er bittet den Kaiser wenigstens um Schonung für seine unschuldig leidende Gattin V. 5, 63 f.

Man erkennt wohl in diesen Ermahnungen und der ernsten Vorführung jener Muster den religiös-sittlichen Charakter, den sie für die Griechen und Römer hatten; hatte doch auch die griechische Tragödie einen fast gottesdienstlichen Charakter, was dem heutigen Charakter unseres Theaters gegenüber nicht genug betont werden kann; ja, man glaubt, dass die ganz alten Tonweisen im christlichen Gottesdienste, deren Ursprung gar nicht mehr zu ergründen ist, der griechischen Tragödie entlehnt worden sind.

8. Ovid's Muse.

Aber Ein Schatz blieb doch dem unglücklichen Dichter, die Gunst der Musen. Vor seiner Verbannung hatte er auf ruhigen Genuss seiner Muse gehofft. IV. 8, 7 ff.

Quaeque meae semper placuerunt otia menti,
Carpere, et in studiis molliter esse meis,
Et parvam celebrare domum, veteresque Penates,
Et quae nunc domino rura paterna carent;
Inque sinu dominae, carisque nepotibus, inque
Securus patria consenuisse mea:

Die Muse zu geniessen, die stets nach seinem Sinn war, und sich gemächlich seinen Studien zu widmen und ein kleines Haus und die alten Hausgötter zu pflegen und den ländlichen Besitz, der jetzt seines Herrn entbehrt, und am Busen der Herrin und unter theuren Enkeln ein sicheres Alter zu erreichen. Aehnlich sagt er V. 3, 9 f.:

Quique prius mollem, vacuamque laboribus egi
In studiis vitam, Pieridumque choro:

Der ich früher ein bequemes Leben, fern von Geschäften, in Studien und im Chore der Musen geführt habe. Er hat früher von seinen Dichtungen Mehreres verbrannt, auch seine Metamorphosen, die er wiederholt auf verschiedene Weise kurz und treffend bezeichnet: carmina mutatae formae — in non credendos corpora versa modos — in facies corpora versa novas, hat er vor seiner Flucht in die Verbannung verbrannt: I. 1, 117 f. I. 7, 13 f., 27 f. II. 63 f., 555 f., 559 f. III. 14, 19 ff. Vel quod adhuc crescens et rude carmen erat: weil das Gedicht noch im Werden, noch roh war. I. 7, 22. Es fehlte die letzte Feile daran, das Werk war ihm wie vom Ambos weggenommen worden. Mit bitterem Scherze setzt er I. 1, 119 hinzu, das Antlitz seiner Fortuna könne nun auch unter die Metamorphosen gerechnet werden. Er sagt IV. 10, 61 f.:

Multa quidem scripsi, sed quae vitiosa putavi,
Emendaturis ignibus ipse dedi.

Was er von seinen Gedichten für schlecht hielt, übergab er zur Verbesserung den Flammen. Eine witzige Verwechslung der Verbesserung mit der Vernichtung. Wegen des von ihm als nicht ganz gefeilt Bezeichneten sagt er bescheiden:

Et veniam pro lunde peto, laudatus abunde,
  Non fastiditus si tibi lector ero.

Für Lob bitte ich um Nachsicht, schon überflüssig gelobt, wenn ich dir, mein Leser, nicht überdrüssig werde. Aber mit Stolz spricht er von seinem Dichterruhme II. 115 ff.:

Sit quoque nostru domus vel censu parva, vel ortu;
  Ingenio certe non latet illa meo.
Quo videor quamvis nimium juveniliter usus,
  Graude tamen toto nomen ab orbe fero;
Turbaque doctorum Nasonem novit et audet,
  Non fastiditis annumerare viris:

Sei auch mein Haus nach Vermögen und Herkunft klein, durch mein Talent ist es wenigstens nicht unbekannt geblieben. Habe ich mich dessen auch zu sehr mit jugendlichem Leichtsinn bedient, so führe ich doch in der ganzen Welt einen grossen Namen, und die Schaar der Gelehrten kennt den Naso und wagt es, ihn den nicht unbeliebten Männern beizuzählen. Er kann von sich rühmen IV. 10, 55 ff., 121 ff.: dass seine Thalia (Talent für heitere Dichtung) ist bald bekannt geworden; als er dem Volk zuerst seine jugendlichen Gedichte las, war ihm der Bart erst ein- oder zweimal gekürzt worden. Er hat sein Talent nie gegen Andere missbraucht, darum hat er auch einen unbeneideten Ruf erlangt, II. 563 f.

Non ego mordaci distrinxi carmine quemquam,
  Nec meus ullius crimina versus habet.
Candidus a salibus suffusis felle refugi:
  Nulla venenato litera mista joco est.

Utque ego majores sio me coluere minores.

Tu mihi, (Musa) quod rarum, vivo sublime dedisti
  Nomen; ab exequiis quod dare Fama solet,
Nec qui detrectat praesentia, Livor iniquo
  Ullum de nostris dente momordit opus.

Nam tulerint magnos cum saecula nostra poëtas:
  Non fuit ingenio Fama maligna meo.
Cumque ego praeponam multos mihi, non minor illis,
  Dicor, et in toto plurimus orbe legor.
Si quid habent igitur vatum praesagia veri,
  Protinus ut moriar, non ero, terra, tuus:

Ich durchhechelte Niemanden mit bissigem Gedicht, keiner meiner Verse klagt jemanden an, ehrenhaft habe ich mich von galligen Witzen fern gehalten, kein Buchstabe aus meiner Feder ist mit giftigem Scherze gemischt. — Und wie ich die ältern Dichter verehrt habe, so schätzten mich die jüngeren. — Du, o Muse, hast mir, wie selten, schon dem Lebenden einen glänzenden Namen gegeben, den Fama erst nach dem Leichenbegängnisse zu geben pflegt, und der Neid, der Gleichzeitiges verkleinert, hat keins meiner Werke mit boshaftem Hohne angenagt. Und wenn auch unser Jahrhundert grosse Dichter hervorgebracht hat, war doch Fama gegen mein Talent nicht feindselig, und wenn ich auch viele mir vorziehe, so werde ich nicht kleiner als jene genannt, und auf der weiten Erde am meisten gelesen;

Wenn also Wahres verkündet der Mund weissagender Dichter:
  Werd' im Verscheiden ich nicht, Erde, der deinige sein!

Er schliesst aber mit Dank für den Leser, er möge sich nun seinen Ruhm durch dessen Gunst oder durch seine Dichtung erworben haben:

Sive favore tuli, sive hanc ego carmine famam,
  Jure tibi, grates, candide lector, ago.

Einem hohen Gönner sagt er III. 14, 9 ff.: Nur er selbst, nicht seine Gedichte seien verbannt; oft wandle ein Flüchtling am fernsten Gestade, seine Kinder dürften aber in Rom verweilen; seine Gedichte, die er nach dem Muster der Pallas ohne Mutter erzeugt habe (Pallas entsprang dem Haupte Jupiters) seien sein Stamm, seine Nachkommenschaft, er empfehle diese Waisen der Vormundschaft des hohen Gönners als eine Last: sarcina, welchen Ausdruck er von sich seinen Freunden gegenüber öfters braucht. Seine stolze Prophezeihung III. 7, 51 f.:

Dumque suis victrix omnem de montibus orbem
Prospiciet domitam Martia Roma, legar:

Eben so lang' als herab wird schau'n auf bezwungenen Erdkreis
Siegreich Roma durch Mars, werd' ich gelesen auch sein!

ist noch übertroffen worden, der Triumph seines Genie's hat das stolze Römerreich schon ziemlich 2000 Jahre in der gebildeten Welt überdauert. Seiner Gattin schreibt er V. 14, 13 f.:

Perpetuum fructum donavi nominis idque
Quo dare nil potui, munere majus, habes:

Ewigen Namens Genuss, den schenkte ich dir, und mit diesem
Gab ich das grösste Geschenk, das ich zu geben vermocht.

Der Ausdruck fructus ist eine sehr passende Anspielung auf den Genuss des Vermögens der Ehegatten, der mit diesem Ausdrucke von den Römern bezeichnet wird. Der Rückblick auf seine Vergangenheit presst ihm aber die schmerzliche Klage aus V. 8, 19 f.:

Nos quoque floruimus, sed flos erat ille caducus;
Flammaque de stipula nostra brevisque fuit:

Ich auch habe geblüht, doch es war hinfällig die Blüthe,
Nur Strohfeuer und kurz war mir das Leuchten des Glücks.

Er hat dem Kaiser, wie wir sahen, mit der menschlichen Schwäche des weichen Dichterherzens möglichst geschmeichelt, um sein theures, herrliches Rom wiederzusehen; aber sein Selbstgefühl hat sich doch auch geregt, sein Genius sich gegen die despotische Gewalt empört. Er sagt III. 7, 45 ff. treffend: man hat ihm Alles geraubt, was nur möglich war, aber über seinen Geist hat der Kaiser keine Macht:

En ego, cum patria caream, vobisque, domoque
Raptaque sunt, adimi quae potuere mihi;
Ingenio tamen ipse meo comitorque fruorque,
Caesar in hoc potuit juris habere nihil.

Die Muse kennt keine Gewalt:

Sola nec insidias hominum, nec militis ensem,
Nec mare, nec ventos, barbariemque timet:
Sie nur fürchtet nicht Bosheit, nicht Schwert des Soldaten,
Weder das Meer, noch den Sturm, noch auch den rohen Barbar.

Die Muse allein hat ihn in die Verbannung begleitet, sie tröstet ihn, lässt ihm seine Leiden vergessen. Er feiert herrlich die Macht und Freiheit der Begeisterung:

Sic ubi mota calent viridi mea pectora thyrso,
Altior humano spiritus ille malo est.
Ille nec exilium, Scythici nec litora ponti,
Ille nec iratos sentit adesse deos.
Utque soporiferae biberem si pocula Lethes,
Temporis adversi sic mihi sensus abest:

So, wenn mein Herz sich erwärmt, bewegt von dem grünenden Thyrsus (Stab der Bacchanten mit Epheu und Weinlaub umwunden, Sinnbild der Begeisterung),
Dann ist erhaben mein Geist über dem menschlichen Weh.
Der kennt weder Verbannung noch Küsten des Scythischen Pontus,
Ja, er vergisset sogar zürnender Götter Gewalt.
So, als tränk' ich den Kelch der so lieblich betäubenden Lethe,
Schwindet mir dann das Gefühl meines verlorenen Glückes.

IV. 1, 19, 21 f. 27 ff. 37 f. 87 f. 43 ff.

Hier nun (singt er IV. 10, 111 ff.), wiewohl rings um mich benachbarte Waffen umklirren,
Lindr' ich, soviel mir's gelingt, dichtend mein trauriges Loos.
Hab' ich auch Niemand hier, zu dessen Gehör ich es bringen
Könnte, so kürz' ich doch so, täusche die Länge des Tags.
Dass ich noch lebe so hin, und die drückenden Qualen ertrage,
Und mir zum Ekel nicht wird düsteres Licht meines Seins,
Danke ich, Muse, nur dir, denn du erhebst mich mit Tröstung,
Du nur stillest den Gram, labest mit Balsam das Herz.
Führerin bist und Begleiterin du, du führst mich vom Ister
Weg und versetzest mich hier mitten auf Helikons Höh'n!

Er muss dichten, obschon ihn die Musen unglücklich gemacht haben V. 7, 31 ff., das Griechische Schiff, sagt er vergleichsweise, das in den Euböischen Fluthen zerrissen wurde, wagt doch wieder das Caphareische Gewässer zu befahren (Caphareus ein Gebirg in Euböa, die Griechen litten dort Schiffbruch). Arznei und Ruhe findet er nur in den Studien der Musen V. 1, 33 f. Aehnlich dem herrlichen Worte Göthe's: ihm gab ein Gott zu sagen, was er leide, sagt Ovid V. 1, 59. V. 7, 40:

Est aliquid, fatale malum per verba levare

und

Experior curis et dare verba meis.

Es ist etwas werth, sein Unglück durch Worte zu erleichtern. — Ich versuche, meinen Sorgen Worte zu leihen. Das Lied, so lehrt er IV. 1 treffend durch Beispiele von Niedrig und Hoch, erleichtert alle Beschwerden:

Hoc est, cur cantet vinctus quoque compede fossor,
Indocili numero, cum grave molit opus;
Cantet et inniteus limosae pronus arenae
Adverso tardam qni trahit amne ratem.
Quique ferens pariter lentos ad pectora ramos,
In numerum pulsa brachia versat aqua.
Fessus ut inonbuit baculo, saxove resedit
Pastor, arundineo carmine mulcet oves.
Cantuntis pariter, pariter data pensa trahentis
Fallitur ancillae decipiturque labor.
Fertur et obducta Lyrnesside tristis Achilles
Haemonia curas attennasse lyra.
Cum traheret silvas Orpheut et dura canendo
Saxa, bis amissa conjuge moestus erat:

Drum singt, wenn schon mit Fessel gebunden, der niedrige Gräber
Kunstlos ein Lied, wenn er treibt sein so beschwerlich Geschäft,
Darum singt selbst der, der gebückt gegen schlammiges Ufer
Stemmend nur langsam das Floss gegen die Strömungen zieht,
Der auch, der langsam zur Brust gleichmässig führet die Ruder,
Seine Arme nach dem Takt schlagend die Wellen bewegt.
Wenn sich ermüdet der Hirt auf den Stab stützt, oder auf Steine ruht,
Lockt er die Schafe mit Lied, blasend auf Rohre von Schilf.

Während sie singt und zugleich abspinnt das befohlene Pensum,
Endet unmerklich die Magd, Mühe vergessend, ihr Werk.
Auch von Achilles es heisst, er habe auf Thrazischer Lyra
Milder gestimmt den Gram, als er Briseïs verlor (seine Geliebte aus der Stadt Lyrnessus).
Orpheus, als durch Gesang er Wälder und Felsen mit fort riss,
Trauerte, weil er verlor zweimal sein theueres Weib.

Man sieht, schon bei den Alten war das Lied volksthümlich. Freilich kann Ovid jetzt nur Klagelieder dichten, sie fliessen aus der vollen Quelle seines Unglücks, sie sind die Trauerflöte zu seinem Begräbniss, wären sie auch schlecht, äussert er unter dem Drucke seines Unmuths, so brauche sie der Freund ja nicht zu lesen; barbarischer als der Ort ihrer Entstehung seien sie nicht, man müsse ihn freilich nicht mit den in Rom lebenden Dichtern vergleichen, unter den Sarmaten werde er immer noch als Genie gelten:

Non sunt illa suo barbariora loco.
Nec me Roma suis debet conferre poëtis,
Inter Sarmatas ingeniosus ero.

Cur scribam docui, cur mittam quaeritis istos?
Vobis cum cupiam quolibet esse modo:
Wisst nun, warum ich sie schreibe; warum ich sie schicke? (die Verse) so fragt ihr?
Bei Euch möchte ich sein, sei's mir wie immer vergönnt.

Ein Freund hatte ihm Beschäftigung mit der Dichtkunst zur Erheiterung und gegen Erschlaffung gerathen. Er antwortet, Erheiterung sei schwer erreichbar in seinem grossen Unglück, er malt dies in greller aber wirkungsvoller Weise aus:

Priamus also, verlangst du, beim Tode der Söhne scherzen,
Und bei der Kinder Verlust Niobe tanzen zu seh'n?!

Selbst jener Greis, den einst als Weisen Apollo gepriesen (Sokrates, von der Pythia, Apollo's Priesterin, so genannt),
Hätt' in so schrecklichem Leid Werke zu schaffen verschmäht.

Gieb mir den Mäoniden (Homer, nach Colophon, einer seiner angeblichen Geburtstädte genannt, die sonst zu dem Mäonien genannten Lydien gehörte) und erwäge soviel Unglück, die grösste Begeisterung wird vor soviel Qual verschwinden. V. 12, 1 f., 2, 15 f. I. 1, 47 f.

Aber der hochbegabte Dichter mit lebhaftem Geiste hat trotz seinem Widerwillen gegen den Ort seiner Verbannung auch noch die Getische und Sarmatische Sprache erlernt. V. 12, 58. Er hat sogar in Getischer Sprache ein leider! verloren gegangenes Lobgedicht auf den Kaiser Augustus und dessen Familie geschrieben: Briefe aus dem Pontus II. 5, 27 ff. IV. 13, 19 ff. Er fürchtet sogar, das Latein verlernt zu haben, da ihn die Getische Mundart umschwirrt, er schämt sich, zuweilen lateinische Worte suchen zu müssen, Tristien III. 14, 45 ff. Um den Gebrauch der vaterländischen Sprache nicht zu verlieren, spricht er zuweilen mit sich selbst, und wiederholt sich entwöhnte Worte V. 7, 61 f. Schon III. 14, 33 f. äussert er muthlos, seine Leiden hätten seinen Geist gebrochen, die Quelle dessen sei schon vorher unfruchtbar, seine poetische Ader gering gewesen, es fehle ihm an Anregung, an geistiger Nahrung durch Bücher. Zuletzt spricht der unglückliche, geistvolle Dichter die bittere Klage aus, dass sein Geist unter seinem Grame gelitten. Aber er muss dennoch dichten, wenn er auch seine Verse wieder verbrennt, weil sie ihn nicht mehr erfreuen. Er klagt:

Adde, quod ingenium longa rubigine laesum
Torpet, et est multo, quam fuit ante, minus

Me quoque despero, fuerim cum parvus et ante,
Illi, qui fueram, posse redire parem:

Der Geist, von langem Roste geschädigt, wird stumpf, viel schwächer als vorher. — Auch ich verzweifle daran, dass ich, vorher schon gering an Kraft, dem wieder gleich kommen könne, was ich vordem war.

Saepe tamen nobis ut nunc quoque, sumta tabella est,
Inque suos volui cogere verba pedes.

Scribimus, et scriptos absumimus igne libellos.
Exitus est studii paron favilla mei.
Nec nisi pars casu flammis erepta, dolove

Oefters jedoch, da hab' ich die Tafel ergriffen, wie jetzt auch
Worte in Füsse zum Vers hab' ich zu zwängen versucht.

Schreib' und geschriebne Gedichte vernicht' ich im lodernden Feuer,
Asche, ein Häufchen nur klein ist meiner Dichtung Beschluss.
Nur durch List einer Flamme entrissen oder durch Zufall,
Kommt meines Schaffens ein Theil, den Ihr erhaltet, zu Euch.

V. 12, 21 f., 59 ff. III. 14, 27 f. IV. 1, 29 f., 36. V. 7, 33, 59 f.

Dem Schwane gleich muss er singend sterben V. 1, 11 f.

Utque jacens ripa deflere Caystrius ales (von einem Flusse in Jonien und Lydien benannt),
Dicitur ore suam deficiente necem.

Wie man aus den Briefen aus den Pontus IV. 9, 95 ff. IV. 14, 47 f. ersieht, gewannen den Dichter die ihm Anfangs so verhassten Geten noch lieb, wünschten ihm zwar seinetwegen die Rückkehr in sein Vaterland, während sie ihn ihrerseits gern bei sich behalten wollten. Dennoch schliesst er auch diese Briefe mit der bitteren Klage, dass ihm nur noch das Leben geblieben sei, um ihm Gefühl und Stoff für sein Unglück zu gewähren, dass ihn kein neuer Schicksalsschlag mehr treffen könne. Er bat wenigstens um einen besseren Ort der Verbannung, um einen sichereren und ruhigeren Aufenthalt. Er sagt, wenn er nur von dort weg kommen könne, möge ihn die Charybdis verschlingen und zu den Fluthen des Styx hinabsenden; lieber wolle er geduldig in den wilden

Flammen des Aetna brennen, oder in das tiefste Meer des Leukadischen Gottes geworfen werden. Er will bestraft sein, sein Elend ertragen, aber mit grösserer Sicherheit elend sein:

Quod petitur, poena est, neque enim miser esse recuso,
Sed precor, ut possim tutius esse miser.

II. 185 f., 575. ff. III. 5, 54 f. III. 6, 24 f., 37 f. IV. 1, 67. IV. 4, 49 ff. V. 1, 46. V. 2, 73 ff.

Der unglückliche geistvolle Dichter, der verweichlichte, genusssüchtige Römer, hoffte immer noch auf Begnadigung, V. 11, 13 f.:

Quassa tamen nostra est, non fracta nec obruta puppis,
Utque caret portu, sic tamen exstat aquis:
Wohl ist erschüttert mein Schiff, doch noch nicht gebrochen, gesunken;
Wenn ihm der Hafen auch fehlt, ragt's aus der Fluth noch heraus.

Aber er wurde von Augustus nicht begnadigt; dieser starb, als er nach Inhalt der Briefe Ovid's aus dem Pontus IV. 6, 15 ff. vielleicht nahe daran war, sich durch Ovid's flehentliche, schmeichelhafte Bitten und dessen Fürsprecher erweichen zu lassen, und Tiberius blieb ebenfalls ungerührt von Ovid's Klagen und Bitten. Der Dichter starb, nachdem er ungefähr 10 Jahre mit den Leiden seiner Verbannung gekämpft hatte.

Und nun noch einige grosse Wahrheiten und schöne Gedanken aus unserer Dichtung, die in ihrer schönen Form und schlagenden Kürze dem Genius des Dichters alle Ehre machen.

Treue und Untreue im Unglück.

I. 5, 25 f. Scilicet ut fulvum spectatur in ignibus aurum,
Tempore sic duro est inspicienda fides:
Glaube nur, wie sich das glänzende Gold im Feuer bewähret
So erst in schwerer Zeit wirkliche Treue sich zeigt (Also ein eben so alter als bekannter Satz, der ja auch in der heil. Schrift vorkommt).

Dum juvat, et vultu ridet Fortuna sereno,
Indelibatas cuncta sequnutur opes.
At simul intonuit, fugiunt, nec noscitur ulli,
Agminibus comitum qui modo cinctus erat:
Wenn Fortuna behilflich und heiteren Angesichts lächelt,
Dann folgt alles sofort reichlich begütertem Glück,
Aber wenn Donner erschallt, da entflieht man und alle verleugnen
Den, den befreundete Schaar nur erst so zahlreich umgab.

I. 9, 5 f. Donec eris felix, multos numerabis amicos,
Tempora si fuerint nubila, solus eris:
Wenn du im Glücke dich siehst, wirst viele der Freunde du zählen,
Wird aber trübe dein Stern, dann wirst verlassen du sein.

Aehnlich in dem Briefe aus dem Pontus II. 3, 23 f.:

Diligitur nemo, nisi cui Fortuna secunda est.
Quae simul intonuit, proxima quaeque fugat:
Niemand wird länger geliebt als hold ihm Fortuna noch lächelt;
Tönt ihr Donnergeroll, fliehen die Nächsten davon.

Trist. I. 9, 9 f. Horrea formicae tendunt ad inania numqnam:
Nullus ad amissas ibit amicus opes:

Die Ameisen suchen nie leere Scheuern auf, kein Freund wird verlorenem Reichthum nachgehen.

Utque comes radios per Solis euntibus umbra,
Cum latet hic pressus nubibus, illa fugit:
Mobile sic sequitur Fortunae lumina vulgus:
Quae simul inducta nube teguntur, abit:

Wie der den Wanderer durch die Strahlen der Sonne begleitende Schatten entflieht, wenn sie von Wolken verhüllt wird: so folgt die veränderliche Menge dem Glanze des Glückes, und flieht, wenn dieser vom heranziehenden Gewölk verdunkelt wird.

Wandelbares Glück. Sicherer Besitz.

V. 8, 15 ff. Passibus ambiguis Fortuna volubilis errat,
Et manet in nullo certa tenaxque loco.
Sed modo lueta manet, vultus modo sumit acerbos;
Et tantum constans in levitate sua est:

Zweideutigen Schrittes irrt die bewegliche Fortuna umher, und bleibt nirgends verlässig und beständig, sondern bald weilt sie mit heiterer Miene, bald zeigt sie ein finsteres Gesicht, und nur in ihrer Wandelbarkeit ist sie beständig.

III. 7, 41 ff. Nempe dat id, cuicunque libet, Fortuna rapitque:
Irus et est subito, qui modo Croesus erat.
Singula quid referam? nil non mortale tenemus:
Pectoris exceptis ingeniique bonis:

Wie ihr's beliebt, so beschenkt und beraubt einen jeden Fortuna,
Und wer ein Krösus noch war, wurde zum Irus sogleich.
(Irus, Bettler in Ithaka, Sprichwort für Armuth.)
Soll ich noch Mehres erzählen? Wir haben nichts, was unsterblich,
Ausser den Gaben des Geist's, ausser dem Schatz im Gemüth.

IV. 8, 45 f. Nil adeo validum est Adamas licet alliget illud,
Ut maneat rapido firmius igne Jovis:

Nichts ist so stark, ja, selbst wenn Demant fest es verbände,
Dass widerstehen es kann Jupiters raubendem Blitz.

Eitle Wünsche.

III. 8, 11 f. Stulte, quid, o frustra, votis puerilibus optas,
Quae non ulla tulit, fertque feretque dies!

Thor, was begehrst du Etwas mit kindischen Wünschen vergeblich,
Was nicht bringet ein Tag, noch brachte, noch bringen dir wird!

Bekannter Glückwunsch.

I. 9, 1. Detur inoffensae metam tibi tangere vitae:
Sei dir's vergönnt, ungestört deines Lebens Ziel zu erreichen!

Spiel. Kostbarkeit der Zeit.

Nachdem der Dichter Spiele mit Würfeln, Steinchen, Bällen, dem Reifen angedeutet hat, schliesst er bezeichnend:

II. 483 f. Quique alii lusus, neque enim nunc persequor omnes,
Perdere rem caram, tempora nostra, solent:

Und was sonst noch für Spiele — ich will sie jetzt nicht alle nennen — das kostbare Gut, unsere Zeit zu verderben pflegen.

Lob der Zurückgezogenheit.

III. 4, 4f. Vive tibi et longe nomina magna fuge!
Lobe dir selbst, und fliehe grosse Namen!

III. 4, 25 f. Crede mihi, bene qui latuit, bene vixit, et intra
Fortunam debet quisque manere suam:
Glaube mir nur, wer wohl sich verbarg, der lebte auch glücklich;
Jeder verbleib' im Geschick, das ihm Fortuna beschied.

III. 4, 31 f. Tu quoque formida nimium sublimia semper,
Propositique memor contrahe vela tui:

Auch du fürchte stets das Allzuhohe und deines Vorsatzes eingedenk ziehe deine Segel ein!

Herrschaft des Geistes über den Körper.

III. 2, 13 f. Suffecitque malis animus. Nam corpus ab illo
Accepit vires, vixque ferenda tulit:

Der Geist war den Leiden gewachsen; denn von ihm erhielt der Körper Kraft, und ertrug, was kaum zu ertragen war.

Freundschaft.

IV. 5, 23 f. Teque, quod est rarum, praesta constauter ad omne
Indeclinatae munus amicitiae.

Bezeige dich, was so selten ist beständig, zu jedem Dienste unwandelbarer Freundschaft bereit.

Aussprechen und Ausweinen des Schmerzes.

V. 1, 64 f. Strangulat inclusus dolor, atque exaestunt intus,
Cogitur et vires multiplicare suos:

Es presst das Herz zusammen der darein verschlossene Schmerz, er muss nothwendig seine Macht vermehren.

IV. 3, 37 f. Fleque meos casus, est quaedam flere voluptas,
Expletur lacrimis, egeriturque dolor:
Weine nur über mein Loos, denn das Weinen es ist eine Wollust;
Ja, ausweinender Schmerz stillet des Leidens Gewalt.

Das Alter.

III. 7, 35 ff. Injicietque manum formae damnosa senectus.
Quae strepitum passu non faciente venit.
Cumque aliquis dicet: Fuit haec formosa, dolebis:
Et speculum mendax esse querere tuum:

Und an die Schönheit wird Hand anlegen das schädliche Alter, das mit geräuschlosem Schritte herannaht; und wenn jemand sagen wird: die war schön, so wird dich das schmerzen, und du wirst klagen, dass dein Spiegel lügenhaft sei:

Jam mea cygneas imitantur tempora plumas, IV. 8, 1 ff.
Inficit et nigras alba senecta comas:
Schon ahmt nach mein Haupt das weisse Gefieder des Schwanes,
Alter mit seinem Weiss färbet das schwärzliche Haar.

Jam mihi canities, pulsis mediccribus anniss
Venerat, antiquas miscueratqne comas: (IV. 10, 93 f.)
Alter schon war mir genah't, hatte bessere Jahre vertrieben,
Hatte mit weissem gemischt mein nun schon alterndes Haar.

Ernte.

Ut patria careo, bis frugibus area trita est, (IV. 6, 19 f.)
Dissiluit nudo pressa bis uva pede:

Seit ich die Heimath verlor, hat zweimal Getreide die Tenne belastet, zweimal zersprang die Traube, vom nackten Fusse gepresst.

Adel durch Sitten und Geist.

O, qui nominibus cum sis generosus avitis, (IV. 4, 1 ff.)
Exsuperas morum nobilitate genus:
O dich, geadelt durch glänzende Namen der Ahnen,
Adel der Sitten erhebt über der Ahnen Geschlecht!

In den Briefen aus dem Pontus III. 3, 103 f. heisst es:

Mens tua sublimis supra genus eminnet ipsum,
Grandius ingenio nec tibi nomen inest:
Dein erhabener Geist überragt selbst deinen Geschlechtsruhm,
Grösser als dein Genie kann auch dein Name nicht sein.

Der sterbende Reiche nimmt nichts mit.

Trist. V. 14, 12. Nil feret ad manes divitis umbra suos:
Nichts wird der Schatten des Reichen zu seinen Manen mitbringen (in die Unterwelt).

Tugend selten im Unglück bewährt.

V. 14, 29 f. Rara quidem virtus, quam non fortuna gubernet,
Quae maneat stabili, cum fugit illa, pede:
Selten erscheinet die Tugend, die nicht von Fortuna beherrscht wird,
Die noch mit festem Fuss fliehendem Glück widersteht.

Vergleiche.

Wenn man Grosses mit Kleinen vergleichen darf:
I. 6, 28 Grandia si parvis assinilare licet.
I. 3, 25 Si licet exemplis in parvo grandibus uti.
Gegenstücke zu: Si parva licet componere magnis.

Unnöthige Ermahnung ist Lob.

V. 14, 45 f. Qui monet, ut facias, quod jam facis, ille monendo
Laudat, et hortatu comprobat acta suo:
Wer dich ermahnt, dass du thust, was du thust schon, lobt durch Ermahnung,
Billiget durch sein Geheiss das, was bereits du gethan.

Schlechte Sache in Schutz genommen.

I. 1, 26 Causa patrocinio non bona pejor erit:
Schlechte Sache wird durch Beschönigung noch schlimmer.

Alles möglich.

I. 8, 7 Omnia nunc fient, fieri quae posse negabam:
Alles das wird noch geschehen, was möglich zu sein ich verneinte.

Nicht alles Unrecht kann bestraft werden.

Si quoties homines peccant, sua fulmina mittat II. 33.
Jupiter exigno tempore inermis erit:

Sendete Zeus seine Blitze, so oft sich die Menschen verfehlen —
Seiner Waffen beraubt wär' er in weniger Zeit.

Durch Dunkel zum Licht.

Nube solet pulsa candidus ire dies:
Ist das Gewölke verscheucht, folget ein heiterer Tag.

Was man nicht recht weiss, das kann man nicht lehren.

Quodque parum novit, nemo docere potest II. 348.

Begeisterung eine Gabe Gottes.

Jupiter ingeniis praebet sua numina vatum (IV. 4, 17 f.)
Seque celebrari quolibet ore sinit:
Jupiter schenkt die Erleuchtung dem Geiste des schaffenden Dichters,
Und in dem Lied' er sich lässt feiern aus jeglichem Mund.

Von Andern höher geachtet als von sich selbst.

Plus etiam quam me judice dignus eram IV. 4, 30.

Zwei Leiber Eine Seele (Orestes und Pylades).

Qui duo corporibus, mentibus unus erant IV. 4, 72.

Erholung vom Unglück.

Saepe Jovis telo quercus adusta viret IV. 9, 14:
Oft grünt die Eiche noch fort, wurde sie auch von Jupiters Blitze versengt.

Die Zeit heilt kleine Leiden, vermehrt grosse.

Scilicet exiguis prodest annosa vetustas, V. 2, 11 f.
Grandibus accedunt tempore damna malis.

Allwissenheit der Gottheit.

I. 2, 67 Si tamen acta deos numquam mortalia fallunt.

Gegen den Zorn der Götter ist alle Weisheit vergebens.

V. 12, 13 f. Fracta cadet tantae sapientia mole ruinae,
Plus valet humanis viribus ira dei.

Ruhm und Ehrgeiz erhöhet die Thatkraft.

V. 13, 37 f. Denique non parvas animo dat gloria vires,
Et facunda facit pectora laudis amor.

Soweit das Bild der klassischen Dichtung, deren poetische Schönheiten gewiss den echten Dichter bekunden.

Man sollte meinen, Ovid's Schicksale müssten interessanten Stoff zu einem Trauerspiele bieten. Sein Leben in Rom, im weltberühmten Dichterkreise (Valerius Maximus III. 7, 11 spricht ja von einem damaligen Dichtercollegium in Rom). Klassischer „Sängerkrieg" bei Mäcenas, dem Günstlinge des Augustus und Gönner der Dichter, unter Benutzung der schönsten Stellen aus ihren Werken. Dabei Ovid eine Art „Tannhäuser". Der Hof des Augustus, das Reich auf seinem Höhepunkte aber auch mit seinem Todeskeime. Geheimnissvolle Beziehungen zum Hofe, zur Julia, der entarteten Enkelin des Kaisers. Der verhängnissvolle Vorgang mit Julia, bei dem er nur durch Zufall oder infolge Charakterschwäche als Zeuge betheiligt sein konnte; das Erscheinen des Augustus dabei, sein Zorn gegen Ovid, Ausspruch der Verbannung, Ovid's Liebesgedichte als Scheingrund gegen die Römische Welt. Ovid verurtheilt jetzt selbst seine Gedichte auf blos sinnliche Liebe, er hat diese Gedichte nur als ausgelassene Scherze seiner Muse angesehen, der grossen Römischen Welt einen Spiegel vorhalten wollen, er selbst hat anständig, treu seiner Gattin, gelebt, durch ihre Treue und edle Sitte wahre Liebe kennen gelernt. Ihre vergebliche Verwendung für den Gemahl bei Livia, der ihr befreundeten Gemahlin des Kaisers. Charakter der Livia, ihre Doppelzüngigkeit. Ovid's Abschied von Rom, von der Gattin, von den Freunden. Auf seiner Reise in die Verbannung, Rettung aus Schiffbruch. In Rom inzwischen Auftreten der Freunde und Feinde Ovid's beim Kaiser. Ovid unter den rohen Geten, Feier des Geburtstages seiner Gattin. Rom mit seinen politischen Ereignissen, Verbannung der Julia, Triumphzug des Tiberius und Augustus über die Deutschen, die er aber (nach Tacitus) lobte. Später rührende Anhänglichkeit des rohen aber gutmüthigen Naturvolkes der Geten an

Ovid, der sie Sitte und Gesetz lehrte, nachdem er sie Anfangs zu hart beurtheilt hatte: vielleicht auch die wildnaive Neigung eines Getischen Mädchens zu Ovid, durch die seine Treue gegen die Gattin, aber auf eine für diese siegreiche Weise, auf die Probe gestellt wird. Er kennt den wahren Charakter des Augustus, aber er hat ihn gefeiert, so wie er sein sollte, aber nicht ist, ihm in der Hoffnung auf Begnadigung das Musterbild eines Herrschers vorgehalten. Er kann nicht vom Dichten lassen, aber nur Klaggesänge dichten, Geist und Körper sind leidend geworden im rauhen Exil. Er hat von seinen Freunden in Rom Nachricht von Hoffnung auf Begnadigung erhalten, da kommt die Nachricht vom Tode des Augustus, Tiberius lässt sich nicht erweichen. Diese Nachricht bricht ihm das Herz. Sein Tod unter den trauernden Geten, Erscheinen Roms, seines Hauses mit seiner Gattin als Traumbild des sterbenden Dichters, vielleicht auch eine geistvolle Vision des künftigen Christenthums, die Götter sind dem Dichter sinnvolle Verkörperungen der Naturkräfte, er glaubte aber an den unsichtbaren Gott der Athener, bei denen er ja studirte. Bekränzung des sterbenden Dichters durch das ihn liebende Mädchen.

Vielleicht könnte eine echte Dichterfantasie ungefähr diese Züge zu einem farbenreichen Bilde gestalten, das sich auch zu glanzvoller äusserer Ausstattung eignen würde.

Druckfehler.

Seite	Zeile		
9	7	von oben	grohsentheils statt: grossentheils.
11	8	" "	das statt: des Latein.
12	4	" unten	Bewohnung statt: Bewachung.
23	11	" oben	eine statt: meine Strafe.
29	13	" "	que statt: quae.
32	2	" "	teum statt: tuum.
32	10	" "	freut statt: freuet.
43	3	" "	uta statt: tuta.
46	7	" "	Muse statt: Musse.
50	22	" "	Glückes statt: Glück's.
54	6	" "	paron statt: parva.
61	6	" unten	. (Punkt) statt: : (Doppelpunkt).